Die drei !!!

Vampire in der Nacht

Erzählt von Petra Steckelmann

Deutscher Taschenbuch Verlag

Weitere ›Die drei !!!‹-Bände
sowie das gesamte lieferbare Programm von dtv junior
und viele andere Informationen
finden sich unter www.dtvjunior.de

Ungekürzte Ausgabe
2014 Deutscher Taschenbuch Verlag GmbH & Co. KG,
München

Umschlagkonzept: Balk & Brumshagen
Umschlagbild: Beate Fahrnländer
Gesetzt aus der Stone Informal 11/14˙
Gesamtherstellung: Druckerei C.H.Beck, Nördlingen
Gedruckt auf säurefreiem, chlorfrei gebleichtem Papier
Printed in Germany · ISBN 978-3-423-71623-9

Die drei !!!
Vampire in der Nacht

Petra Steckelmann ist freie Kinderbuchautorin und schreibt im Rahmen der Reihe ›Die drei !!!‹ neben Henriette Wich und Maja von Vogel spannende Detektivgeschichten für Mädchen.

Vampire in der Nacht

Herzen aus Eis

Dicke Schneeflocken wehten Kim ins Gesicht, als sie das Haus verließ. Ihr Fahrrad glich mehr einem in Puderzucker getauchten abstrakten Gebilde als einem Fortbewegungsmittel. Kim ließ das eingeschneite Kunstwerk stehen und ging zu Fuß in Richtung *Café Lomo*. Sie bog rechts in die Frickestraße ein. Ein Mann kam ihr entgegen, den sie im Vorbeigehen nur flüchtig wahrnahm. Dennoch bemerkte sie, dass er traurig wirkte, irgendwie verloren. Hoffentlich hat der Kälteeinbruch sein Herz nicht schockgefroren, dachte Kim. Sie wünschte, dass auch Michi nur unter dem Ende der langen Sonnentage litt und die Wärme nicht total aus ihm gewichen war. Er war neuerdings so anders, so zielstrebig und auf Sicherheit bedacht, dass es ihr Herz war, das sich in seiner Nähe schmerzhaft zusammenzog. Er war ihr fremd geworden. Irgendwie war er nicht mehr *ihr* Michi. Wo war nur der lustige Junge geblieben, der für jeden Spaß zu haben war? Und sogar bei den Ermittlungen der drei !!! hatte er ihr oft hilfreich zur Seite gestanden. Sie waren jetzt schon so lange ein Paar, dass es Kim fröstelte, wenn sie daran dachte, wie fremd er ihr geworden war. Gedankenverloren zog sie ihren Schal bis über die Nasenspitze und vergrub die Hände in den Jackentaschen.

In den letzten Stunden hatte es unaufhörlich geschneit. Dicke Flocken hatten die ganze Stadt in eine Winterlandschaft verwandelt. Es sah romantisch aus, aber es war bitterkalt. Kim bibberte. Als sie mittags aus der Schule gekommen war, hatte der Wind noch mit den gefallenen Blättern gespielt und die Herbstsonne rötlich durch die kahlen Äste geschienen. Hätte sie geahnt, dass nicht nur die Sonne innerhalb von drei Stunden verschwinden, sondern der eisige Wind auch noch einen sibirischen Winter ankündigen würde, hätte sie sich gegen ein Treffen im *Café Lomo* entschieden und stattdessen einen kuscheligen Abend bei Marie vor dem Kamin vorgeschlagen. Marie wohnte nicht weit entfernt von Kim mit ihrem Vater in einer noblen Penthousewohnung mit Swimmingpool auf dem Dach. Die Luxuswohnung konnte sich Maries Vater locker leisten. Als Schauspieler verdiente er genug, um Marie jeden Wunsch von den Augen abzulesen, was er auch immer wieder tat. Maries Taschengeldkonto war stets gut gefüllt und auch für zusätzliche Anschaffungen war immer Geld da. Als Hauptkommissar Brockmeier in der Vorabendserie *Vorstadtwache* war er zwar viel unterwegs, aber seine Tochter stand trotzdem bei ihm immer an erster Stelle. Kim stellte sich für ein paar Sekunden vor, wie sie, Marie und Franzi vor dem Kamin in Maries Wohnzimmer lümmelten und sich von Herrn Grevenbroich eine riesige Schüssel Auberginenauflauf reichen lassen würden – und zum Nachtisch Mousse au Chocolat. Hmmm. Kim lief das Wasser im Mund zusammen. Sie legte einen Schritt zu. Nichts wie rein ins *Lomo* und ihr Lieblingsgetränk, heiße Schokolade mit Vanillearoma, genießen! Und dazu Schokoladenkekse mit extraviel Schokolade! Die brauchte sie jetzt auch. Ausnahmsweise mal nicht, weil ihr der Kopf wegen eines neuen Falles qualmte, sondern weil ihr einfach nur irre kalt war.

Arme Franzi, die wird völlig erfroren im *Café Lomo* ankommen, überlegte Kim und war froh, dass sie selbst nicht so weit außerhalb der Stadt wohnte.

Auf der anderen Seite war es bei Franzi aber auch ziemlich gemütlich. Sie lebte mit ihren Eltern und ihren Geschwistern in einem kleinen Bauernhaus am Stadtrand. Dort war auch das Hauptquartier der drei !!! – in einem Pferdeschuppen. Trotz Bollerofen zog es dort aufs Heftigste, wenn der Wind um die Ecken pustete, da halfen manchmal auch die vielen Decken nichts, in die sie sich dann kuschelten. Trotzdem trafen sie sich dort oft, um sich in die alte Pferdekutsche zu verziehen, wenn es etwas besonders Geheimes zu besprechen gab. Egal wie kalt es auch war. Und in einem Geheimfach im Bürocontainer bewahrten sie alles auf, was *topsecret* war. Man konnte ja nie wissen, wer von Franzis Geschwistern doch mal neugierig durch den Pferdeschuppen streifen würde und seine Nase in Dinge steckte, die ihn nichts angingen. Obwohl, Franzis Schwester Chrissie war der Detektivclub eigentlich völlig egal. Ihr Bruder Stefan war da schon anders. Er fand es spannend, was die drei !!! schon alles erlebt hatten. Er würde bestimmt nicht im Schuppen herumspionieren!

Heute hätten Kim allerdings keine zehn Pferde aus der Stadt getrieben. Sie war froh, dass das *Café Lomo* gleich bei ihr um die Ecke lag.

Franzi saß bereits im *Lomo,* als Kim das Café erreichte.

»Huch? Du siehst nicht so aus, als wärst du 'ne halbe Stunde durch die Kälte geradelt«, wunderte sich Kim.

»Bin ich auch nicht!« Franzi strahlte. »Stefan hat mich mit dem Auto mitgenommen. Er hat irgendetwas in der Stadt zu erledigen. Praktisch, was?«

Kim nickte und setzte sich zu Franzi auf ihr Lieblingssofa. »Du hast einen echt coolen Bruder. Wie oft hat Stefan uns schon zu irgendwelchen Einsätzen gefahren? Oft genug bestimmt!«

Zum Glück, dachte Kim. Ohne Auto wären sie oftmals ziemlich aufgeschmissen gewesen. Daran hatte Kim nämlich gar nicht gedacht, als sie damals den Detektivclub *Die drei !!!* ins Leben gerufen hatte. Wie hätte sie auch ahnen können, dass sie so erfolgreich werden würden und dass sie jemals weiter als über die Stadtgrenze hinaus irgendwelchen Verbrechern auf die Spur kommen würden? Sogar in Paris, Nizza, Berlin und England hatten die drei Detektivinnen schon erfolgreich ermittelt. Kim war in diesem Moment mächtig stolz auf sich und ihre beiden Freundinnen.

»Wir sind schon ein tolles Team! Und dein Bruder ist echt klasse«, sagte sie zu Franzi. »Ich wünschte, meine Brüder wären älter. Mit diesen beiden zehnjährigen Nervensägen kann man nichts Vernünftiges anfangen. Warum hat das Schicksal mich nur mit diesen hyperaktiven Zwillingen bestraft?« Kim verzog das Gesicht und wechselte das Thema. »Und Marie? Wo steckt die?«

Franzi zuckte mit den Schultern. »Die wird sicherlich noch 'nen superhippen Schal suchen.

Der Winter kam so plötzlich, darauf war sie ganz sicher nicht vorbereitet. Hey, Wintereinbruch Anfang November! Darauf konnte sie sich gar nicht eingestellt haben. Ich bin sicher, sie hat noch nicht mal eine neue Mütze. Welche Farben sind jetzt gerade in?«, fragte Franzi.

»Magenta«, sagte Marie, die in dieser Sekunde im Café auftauchte und Franzis Frage nicht überhören konnte. Sie zog die Mütze vom Kopf, schüttelte ihr langes blondes Haar und ließ sich aufs Sofa plumpsen. »Noch Fragen?« Marie ließ ihre Mütze um den Finger kreisen. »Ohne Magenta lebt ihr in diesem Winter auf dem falschen Planeten.«

»Schon klar!« Franzi zwinkerte Kim zu, die mit ihrem schwarzen Rollkragenpulli damit nicht nur vom falschen Planeten kam, sondern in Maries Modewelt wahrscheinlich noch nicht mal existieren durfte. Auch Franzi machte sich nicht halb so viel aus Mode wie Marie, die wirklich immer den neuesten Trends folgte.

Die Kellnerin war an den Tisch von Franzi, Kirn und Marie getreten und grinste frech. »Wollt ihr auch unser neues Spezialgetränk oder traut ihr euch nicht?«

»Was ist denn das neue Spezialgetränk?«, fragte Marie und zog eine Augenbraue hoch.

»Vampire Defence«, sagte die Kellnerin so lässig, als sei damit alles gesagt.

»Bitte?« Kim glaubte sich verhört zu haben. »Was soll denn das sein?«

»Unser neuer alkoholfreier Cocktail aus Buttermilch, Kakao und pürierten Cranberrys«, sagte die Kellnerin und deutete auf die Tafel, die das bizarre Getränk anpries. Knallrot prangte der Name des Cocktails auf der schwarzen Tafel, dramatisch umrandet von aufgemalten Bluttropfen und weißen Kreidekreuzen.

Franzi schüttelte sich. Buttermilch mit Kakao und roten Beeren – bäh!

»Klingt ja ekelig!«, sagte Marie. »Das gerinnt doch bestimmt. Wozu soll das denn gut sein?«

»Wie gesagt, es ist unser neues Spezialgetränk. Es hält dir sämtliche Vampire der Umgebung vom Leib, wie der Name ja schon sagt. Ist der Renner!«

»Was für ein Quatsch!« Kim zog die Nase kraus.

»Dann eben nicht. Ihr lest wohl keine Tageszeitung, was?«, sagte die Kellnerin. Sie fischte eine Zeitung aus dem Zeitungsständer und hielt sie den dreien unter die Nase.

Kim las die Schlagzeile laut vor: »Kuh von Vampiren ausgesaugt?« Ungläubig sah sie zu Marie und Franzi.

»Wenn das so ist«, sagte Marie lässig, »dann nehme ich einen *Vampire Defence*! Bevor auch ich noch von irgendwelchen Viechern ausgesaugt werde.«

»Na gut«, sagte Franzi.

Auch Kim bestellte wenig überzeugt ein Glas der Geheimwaffe gegen Vampirbisse.

»Wenn's denn hilft«, seufzte sie, als die Gläser mit der leicht klumpigen Flüssigkeit vor ihnen standen. Mutig hob sie das Glas und trank einen Schluck unter den abwartenden Blicken der Kellnerin.

Gleich beim ersten Schluck musste sie sich schütteln. »Igitt! Ist das ekelig! Das vertreibt nicht nur Vampire! Das vertreibt auf Dauer auch mich – aus dem *Lomo*! Es sei denn, ich bekomme doch noch meinen geliebten *Kakao Spezial*. Heute mal mit einer Prise Zimt«, sagte sie. »Zimt soll ja bekanntlich die Glückshormone ankurbeln!« Vielleicht half es ja.

Dass Michi und sie nicht mehr auf Wolke sieben schwebten, bereitete ihr einiges Kopfzerbrechen.

Franzi und Marie tranken zwar jeder ein paar Schlucke mehr, aber überzeugt waren auch sie nicht vom *Vampire Defence*. Da konnte eine Extraportion Glücksrausch sicher nicht schaden. Her mit dem heißen Kakao!

Schulterzuckend räumte die Kellnerin die noch fast vollen Gläser wieder ab und servierte kurz darauf das heiß ersehnte Lieblingsgetränk von Franzi, Kim und Marie. »Auf eure eigene Verantwortung«, warnte sie. »Aber beschwert euch hinterher nicht, wenn euch ein Vampir angenagt hat.«

Kim bestäubte die Milchschaumhaube mit Zimt und lehnte sich zurück. »Und, irgendwelche Neuigkeiten? Irgendetwas Spannendes passiert seit gestern? Außer dass eine Kuh gebissen worden ist?«, fragte sie.

Franzi und Marie schlürften ihren Kakao und schwiegen.

»Hey, irgendetwas muss doch passiert sein. Ich habe nicht vor, den Winter ohne spektakuläre Detektivarbeit zu verbringen!«

»Wir könnten herausfinden, wie ernst es meinem Vater mit seiner neuen Flamme ist!«, platzte es aus Marie heraus.

»Bitte, was?« Franzi blieb der Mund offen stehen. Auch Kim hatte ein großes Fragezeichen auf der Stirn. »Hab ich mich verhört?«, fragte sie. »Dein Vater hat eine Freundin? Das gibt es nicht!«

»Ich fürchte schon«, sagte Marie und sah nicht besonders glücklich aus. »Beim letzten Dreh hat er doch diese Tessa kennengelernt und seitdem läuft da irgendetwas zwischen den beiden. Er hat sie ja sogar auf die Wange geküsst. In aller Öffentlichkeit! Jeder konnte es sehen. Ihr habt es gesehen, ich leider auch.«

»Ja, ich erinnere mich«, murmelte Franzi.

»Ach Marie, ist doch irgendwie süß. Und was ist an einem Kuss auf die Wange schon so schlimm?« Kim lächelte Marie an. »Dein Vater ist seit dem Tod deiner Mutter Single. Freu dich doch, dass er vielleicht eine neue Liebe gefunden hat. Wurde doch irgendwie auch mal Zeit, nach zwölf Jahren.«

»Oje, würde ich ja, ehrlich! Aber diese Tessa ist echt total uncool. Oder fandet ihr sie auch nur im Ansatz spannend? Sie ist so 'ne graue Maus, die sich *hinter* der Kamera verstecken muss. Sie ist bloß Kamerafrau von Beruf. Hätte er nicht mit einer berühmten Schauspielerin ankommen können? Das wäre cool gewesen. Stattdessen flirtet er mit einer alleinerziehenden Mutter, die noch nicht einmal weiß, dass Schminken nicht nur zu Fasching angesagt ist.«

Demonstrativ kramte Marie ihren neuen Lippenstift aus der Tasche hervor und zog ihre sorgfältig geschminkten amberbraunen Lippen nach.

»Drück ihr doch mal deinen Lippenstift in die Hand, wenn es dir so wichtig ist«, stichelte Franzi. »Und am besten, du packst auch noch 'ne farblich passende Handtasche dazu, dann wäre Tessa sicherlich auch in deinen Augen deines Vaters würdig!«

»Franzi!«, mahnte Kim. Der Tonfall ihrer Freundin passte ihr grad so gar nicht. »Lass dich nicht ärgern, Marie. Von Franzi nicht, und von dieser Tessa schon mal überhaupt nicht!«

Kurzerhand stäubte sie auch über Maries Kakao Zimtpulver und erntete damit einen skeptischen Blick. »Das hebt die Stimmung, glaub mir!«

Selbst wenn der Zimt Maries Stimmung auch nur für eine Sekunde gehoben hätte, spätestens als ihre Rivalin Corinna zur Tür hereinkam, wäre der Zauber sowieso wieder verschwunden gewesen.

»Oh nein, die hat mir gerade noch gefehlt!«, stöhnte Marie leise auf, als sie das rothaarige Gift an sich vorbeischlendern sah.

»Das ist Corinna«, flüsterte sie Kim und Franzi zu.

Kim erinnerte sich sofort wieder an Maries Gefühlsausbruch, als sich Maries Exfreund Holger immer wieder an den Wochenenden mit Corinna getroffen hatte – angeblich um zu lernen. Damals, als Marie und Holger noch ein Paar waren.

»Die hat doch so einen atemberaubenden Hüftschwung, oder?«, fragte Franzi.

»Genau die!« Marie kochte noch immer vor Wut, obwohl Holger längst aus Maries Leben verschwunden war. Er wohnte einfach zu weit weg. Eine Fernbeziehung war nichts für Marie. An dieser Einstellung war auch ihr Flirt mit Jo aus Hamburg verendet, den sie während einer Sprachreise in England kennengelernt hatte und von dessen Küssen sie noch Wochen später schwärmte. Auch seine turmalingrünen Augen gingen Marie nicht aus dem Kopf, wie Kim und Franzi aus Maries anhaltenden Schwärmereien wussten. Die beiden hatten sich noch eine ganze Zeit geschrieben und gemailt, aber dann war der Kontakt doch abgerissen. Jaja, unerfüllte Liebe ist eben doch ein Schwert, das tief im Herzen stecken bleibt, dachte Kim für eine Sekunde und fragte sich, woher sie diese kitschige Weisheit hatte. Wahrscheinlich aus einem der Liebesromane, die sie mal gelesen hatte, als grad kein Krimi zur Hand war. Als zukünftige Krimiautorin sollte so was nicht auf ihrer Bücherliste stehen – eigentlich! Kim wunderte sich trotzdem, dass Marie jetzt allein bei der Erinnerung an Corinnas Flirtversuch mit Holger – der wirklich schon ein halbes Jahrtausend zurücklag – kochte.

»Spitzt mal die Ohren«, zischte Marie. »Corinna hat eben zu ihrer Freundin irgendetwas wegen der Party im Jugendzentrum gesagt.«

Franzi und Kim beugten sich unauffällig etwas weiter nach vorne, um die beiden Mädchen am Nachbartisch besser verstehen zu können. Die Musik im *Lomo* war einfach zu laut. Mehr als *Motto* und *endlich* konnten sie nicht verstehen.

»Habe ich das richtig gehört, das Motto der

Party steht fest?«, fragte Marie Corinna und vergaß für einen Moment ihre Feindschaft. Corinna offensichtlich nicht, denn sie antwortete patzig: »Geh doch selbst ins Jugendzentrum und sieh nach. Steht ganz fett am Schwarzen Brett. Lesen kannst du doch – oder nur Theater spielen?«

»Zicke!«, zischte Marie giftig zurück und drehte Corinna wieder den Rücken zu.

Zu Franzi und Kim gewandt sagte sie: »Hey, wenn das Motto steht, dann können wir uns endlich um die Kostüme kümmern. Klasse, ich hatte schon befürchtet, die würden das Motto erst eine Stunde vorher bekannt geben und ich würde keine Zeit mehr haben, mir etwas höchst Spektakuläres auszudenken. Auf ins Jugendzentrum! Los, kommt schon!«, sagte sie und legte für die Kellnerin fünfzehn Euro auf den Tisch. »Ich lade euch ein.«

»Dürfen wir noch austrinken?«, fragte Franzi und kippte hastig den Kakao herunter.

Königin der Nacht

Bis zum Jugendzentrum war es nicht weit. Schon als Franzi, Marie und Kim auf dem Parkplatz ankamen, wussten sie, dass nicht nur sie sehnlichst auf die Bekanntgabe des Mottos gewartet hatten.

»Bist du nicht im E-Mail-Verteiler des Jugendzentrums?«, fragte Kim. »Dann hättest du doch die Neuigkeit längst auf deinem Handy haben müssen und wir bräuchten uns jetzt nicht zum Schwarzen Brett durchkämpfen.«

»Nee, bin ich nicht. Ich will doch nicht wegen jedem Pups, der im Jugendzentrum passiert, informiert werden. Auf Meldungen wie ›*Zwei neue Hamster für die Kleinen*‹ und ›*Wer hilft beim Aufräumen des Kellers mit?*‹ verzichte ich nur zu gerne.« Marie drängelte sich einfach an der Menschentraube vorbei, die zum Anschlag strömte, und zog Franzi und Kim kurzerhand mit sich.

»Hey, cool!«, rief sie begeistert, als sie das Motto las: »SonnenkönigInnen und Nachtgestalten. Tolles Motto, findet ihr nicht?« Maries Augen glänzten. »Und seht mal, da steht: Das beste Kostüm wird prämiert!«

»Hui, das wird lustig!«, stöhnte Franzi sarkastisch und wenig begeistert. »Marie bekommt ihren großen Auftritt als Sonnenkönigin und ich gehe als Nachtschattengewächs – grau und unscheinbar. Klasse.« Franzi sah aus, als hätte sie in eines der bekanntesten Nachtschattengewächse gebissen – in einen Kürbis. Einen sauer eingelegten Kürbis.

»Komm schon, Franzi, das wird bestimmt eine super Party. Und das Motto ist so schwammig, da können wir unserer Fantasie so richtig freien Lauf lassen. Uns fallen bestimmt drei exquisite Kostüme ein.«

»Exquisit! Wenn ich das schon höre! Marie, bitte, verschone mich heute mal mit deinen Fremdwörtern. Nur heute, ja? Ich weiß ja, dass deine Eliteschule tausendmal besser ist als die ordinäre Gesamtschule, auf die Kim und ich gehen.«

»Das hat doch damit nichts zu tun. Was ist denn los mit dir, Franzi?«, fragte Marie und wunderte sich, dass Franzi so gereizt auf das Partymotto reagierte.

Kim ahnte, was Franzi durch den Kopf ging. Während Marie sich keine Sorgen um den finanziellen Aufwand ihres Kostüms machen musste, hatte Franzi bestimmt das weniger gut gefüllte Konto ihrer Eltern im Hinterkopf. Franzis Vater verdiente als Tierarzt nicht mal halb so viel wie Maries Vater. Ob es wirklich das war, was Franzi bedrückte – mit einem billigen Kostüm zur Party gehen zu müssen?

»Wir plündern einfach Maries Kleiderschrank und würfeln uns drei wirklich exklusive Kostüme zusammen. Ein Kostümverleih kommt für die drei !!! nicht infrage!«, verkündete Kim entschlossen und warf Marie einen fragenden Blick zu. »Klar, bedient euch nur! Ich habe sowieso viel zu viel Kram im Schrank.« Aufmunternd lächelte sie Franzi an. »Und Ideen holen wir uns aus richtigen Kostümbüchern. Auf zur nächsten Buchhandlung, ich spendiere auch noch eine Runde Bücher!«

»Na dann, los!« Franzi zwinkerte Kim zu und raunte ihr ein *danke schön* zu. Dann hakte sie sich munter bei Marie ein und stiefelte los. Jetzt war es Franzi, die ungeduldig an Marie zerrte. Lachend schob Kim auch noch ihren Arm unter Maries und gemeinsam stolperten sie mehr, als dass sie liefen, aus dem Jugendzentrum.

Bis sie im Buchladen angekommen waren, hatten ihre Gehirne schon die verrücktesten Kostüme ersponnen. Franzi wollte tatsächlich als Nachtgestalt bei der Party aufkreuzen. Allerdings nicht etwa als Kürbis – viel mehr waberte ihr das Kostüm eines Nachtalbs schemenhaft durch den Kopf. Kim träumte von einem Geisterkostüm mit rostigen Ketten und einem seligen Grinsen ins Gesicht geschminkt. Unter einem wallenden Laken könnte sie schließlich ganz wunderbar die Schokoladensünden der letzten Wochen verbergen, die sich um ihre Hüfte abzeichneten. Außerdem würde ihr von Maries Klamotten wahrscheinlich sowieso nichts passen. Modelmaße hatte eben nur Marie! Und mit Marie in Konkurrenz zu treten war sowieso zwecklos, dachte Kim, als sie hörte, was Marie sich ausgedacht hatte.

»Ich werde als Königin der Nacht meinen Auftritt haben!«, verkündete sie und reckte stolz das Kinn. »Mit ordentlich Glamour und Chic! Die Jungs werden sich nach mir umdrehen und den Mädels werden vor Ehrfurcht und Bewunderung die Kiefer runterklappen! Und dann sehen alle anderen neben mir aus wie verschreckte kleine Geister!«

»Hey!«, mahnte Kim und stieß Marie in die Rippen, als sie gerade die Buchhandlung betraten.

»Du natürlich nicht, Kim! Du wirst das schnuckeligste Gespenst weit und breit sein! Dafür wird eure persönliche Kostümschneiderin Marie Grevenbroich schon sorgen.«

Um nicht in die Falle der Einfallslosigkeit zu tappen, ließ Marie die Abteilung mit den Bastel-

und Faschingskostümbüchern zum Selbstschneidern links liegen und ging zielstrebig auf die dicken Bildbände der Theaterabteilung zu. *Theater – Kostüme und Masken* fiel ihr als Erstes in die Hände. Sie zögerte, blätterte und überlegte. »Den Band nehme ich«, sagte sie schließlich und ließ ihren suchenden Blick weiter durch die Regale wandern. *Theater Fashion* war das nächste auserkorene Werk, das sie mit zur Kasse trug. Kim hielt das Buch *Fasching mit Kindern* hoch. »Hey, hier ist ein tolles Gespensterkostüm drin!«

Marie schüttelte den Kopf. »Kinderkram«, sagte sie. »Ich habe zu Hause noch etliche Modemagazine. Zusammen mit diesen Schinken werden wir auch ohne Bastelanleitung für den Kindergarten weiterkommen!«, sagte sie entschlossen.

»Spitze, wir verbringen den Rest des Abends bei dir?«, fragte Kim. Ihre Hoffnung auf Auberginenauflauf und Mousse au Chocolat flammte augenblicklich wieder auf. Wäre ja nicht das erste Mal, dass Maries Vater sie alle zum Abendessen einlud.

»Klar, wir müssen doch auch nachsehen, was aus meinem Kleiderschrank der Schneiderschere zum Opfer fallen kann.«

Im Penthouse angekommen, öffnete Marie mit Schwung ihren Kleiderschrank und warf alles auf den Boden, von dem sie glaubte, es könnte sich für ein Kostüm eignen. Franzi stand neben ihr, mit einer Schere bewaffnet und mit einem frechen Grinsen im Gesicht. »Los geht's!«, sagte sie und durchwühlte euphorisch den Kleiderberg.

»Ich suche schnell die Magazine«, sagte Marie und fischte aus allen Ecken ihres Zimmers irgendwelche Modezeitungen hervor. »Im Bad ist auch noch eine!«, rief sie und sauste auch schon quer durch die Wohnung.

Während Kim und Franzi Maries Klamotten durchforsteten, saß Marie auf ihrem Bett und blätterte in den Hochglanzmagazinen. Völlig unvermittelt fiel ihr eine der Postkarten von Jo in die Hände, die er ihr geschickt hatte, als die Sommerferien längst vorbei waren. Mit einem sehnsuchtsvollen Lächeln las sie erneut seine Zeilen. Ach, er konnte so gut schreiben, aus ihm würde bestimmt mal ein berühmter Schriftsteller werden, dachte Marie und sämtliche Erinnerungen an Jo rauschten durch ihren Kopf. Die Erkenntnis, dass sie ihn eigentlich gar nicht richtig kannte, schummelte sich dazwischen. Alles, was sie von ihm wusste, war, dass er ein charmantes Lächeln hatte und tiefgründige Augen, die im Sonnenlicht turmalingrün schimmerten und wunderschön waren.

»Hab ich Jo damals eigentlich wirklich permanent zugequatscht?«, fragte sie Kim und Franzi so unvermittelt, dass die Marie daraufhin verdutzt anblickten. Zur Erklärung hielt sie Jos Postkarte hoch.

»Ach, Marie«, seufzte Kim. »Das geht wohl nie vorbei, was?« Marie blätterte gedankenverloren weiter. Vielleicht wollte Jo auch gar nichts von sich preisgeben, vielleicht war er ganz froh, dass ich ihm die ganze Zeit die Ohren zugesabbelt habe? So konnte er Mr Unbekannt bleiben und sich hinter seinem Charme verstecken.

Marie seufzte. Der Fall auf der Rennbahn in England hatte damals ihre ganze Aufmerksamkeit gefordert. Das hatte sie davon abgehalten, Jo mit Fragen zu löchern.

Schade, hätte ich es mal getan, dachte Marie und erinnerte sich an seine geschwungenen Lippen, die so wundervoll weich waren. Plötzlich durchfuhr ein Stich wie von einem Dolch ihr Herz. Hatte er sie wirklich im Mondenschein geküsst? Oder hatte sie sich das nur erträumt? Wie auch immer, der Sommer mit ihm war längst vorbei. In diesem Moment fehlte ihr Jo trotzdem unglaublich. Im nächsten schon berührte sie den Touchscreen ihres Handys und wählte seine Nummer. Vielleicht hatte er ja Lust, sie zu besuchen und mit auf die Kostümparty zu gehen – als Schatten der Vergangenheit. Als Mondschatten verkleidet hätte er sogar zum Motto der

Party gepasst. Der Anrufbeantworter sprang an. Wie blöd, noch nicht einmal seine Stimme konnte sie hören, sondern nur die kaltherzige Ansage einer Computerfrau. Marie hinterließ eine Nachricht. Vielleicht meldet er sich ja, hoffte sie und in ihrer Erinnerung hallte sein Lachen für eine Sekunde auf und sie sah auch noch einmal in seine schelmisch blitzenden Augen.

»Alles gut bei dir?«, fragte Kim, als sie sah, dass Maries Augen wässrig glänzten.

»Alles bestens«, winkte Marie ab und legte das Handy aus der Hand. »Ich dachte nur, dass Jo vielleicht Lust haben könnte, mit zur Party zu kommen. Aber er geht nicht ans Handy.«

»Hinterlass ihm eine Nachricht, der ruft bestimmt zurück«, sagte Franzi.

»Hab ich gemacht!« Marie tat so, als wäre das Thema damit für sie erledigt, und sprang vom Bett auf. »Und, seid ihr fündig geworden?«

Franzi hielt eine schwarze Leggings mit aufgestickten silbernen Spinnenweben hoch und fragte: »Die brauchst du ganz sicher nicht mehr? Dann ist das jetzt meine!«

»Du bleibst also dabei?«

»Klar, ich gehe als Nachtalb. Vielleicht sollte ich für einen Abend meine roten Haare weiß färben, was meint ihr?«

Kim war unschlüssig. »Und wenn du das Zeug nicht mehr aus den Haaren bekommst, siehst du für den Rest des Jahres aus wie deine eigene Großmutter. Ich weiß nicht …«

»Es gibt bestimmt irgendein Spray, das man schnell wieder auswaschen kann«, sagte Marie. »Vielleicht ja Silber mit Glitzer oder so.«

»Hey, coole Idee. Silber! Das mache ich. Passt zu den Leggings!« Franzi war begeistert.

Eines der Bücher, die Marie gekauft hatte, zeigte sogar Nachtalbe in den unterschiedlichsten Gewändern. Sie entschied sich für eine Variante mit spitzen Ohren und schwarzen Lippen im silbrigen Gesicht. Kim liebäugelte noch immer mit einem Bettlaken. In Maries Kleiderschrank hatte sie nichts gefunden, was sie inspirierte. »Was meint ihr, bekommen wir hiermit ein Kostüm für eine Gespensterprinzessin hin?«, fragte sie und zerrte an Maries Bettlaken.

»Hey, geht es noch simpler?«, fragte Marie völlig entgeistert. »Wenn du schon unbedingt ein unscheinbarer Geist sein möchtest, dann aber mit Stil!« Sie kramte in einer der Schubladen ihres Schrankes und zauberte ein kurzes Spitzenkleid hervor.

»Das ist viel zu knapp! Da sieht man ja meine knubbeligen Knie!«, kreischte Kim entsetzt.

»Red keinen Unsinn! Es ist genau richtig! Du hast so schöne Beine. Zeig sie auch! Das bunte Band in der Taille nehmen wir raus, dann kaufen wir dir morgen noch weiße Strümpfe und künstliche Spinnweben. Wirst schon sehen, das wird toll aussehen!«

»Und ich schau, ob ich das Silberspray auftreiben kann«, meinte Franzi. Marie hingegen konnte sich nicht entscheiden, wie ihr Auftritt als *Königin der Nacht* aussehen sollte.

»Ich hab ja noch die halbe Nacht Zeit zum Überlegen«, sagte sie, als Franzi und Kim sich verabschiedeten. »Bis morgen weiß auch ich, was auf meiner Shoppingliste zu stehen hat. Gleich nach der Schule treffen wir uns im Einkaufszentrum, abgemacht?« Sie brachte Kim und Franzi zur Tür.

»Oh nein!«, stöhnte Marie auf, als sie die Stimmen von Tessa und ihrem Vater im Treppenhaus hörte, noch ehe sie die Tür öffnete.

»Die klebt seit dem letzten Dreh an meinem Vater wie Kaugummi. Jetzt kommt Madame Graumaus höchstpersönlich!«

»Marie, willst du noch weg?«, fragte ihr Vater überrascht, als er zur Tür hereinkam. »Ich hatte gehofft, du leistest Tessa und mir beim Abendbrot Gesellschaft. Guten Abend, Franzi! Kim.« Herr Grevenbroich nickte den beiden zu. »Wollt ihr nicht auch noch bleiben?«

Kim und Franzi schüttelten die Köpfe und musterten Tessa genauestens im Vorbeigehen. Trotz ihres dicken Mantels und des Schals, in den sie gehüllt war, sah sie noch genauso unscheinbar aus wie am Filmset. An ihr war wirklich nichts Besonderes, fand Kim. Trotzdem hätte sie sich zu gern mal wieder eine Personenbeschreibung eingeprägt. Nur um nicht aus der Übung für den nächsten Fall zu kommen. Auch wenn zurzeit keiner in Sicht war. Blöder Kälteeinbruch, dachte Kim resigniert, als sie mit Franzi das Penthouse verließ.

Dann stand Marie alleine mit ihrem Vater im Flur, während Tessa die Einkaufstaschen in die Küche brachte.

»Wir haben genug für drei Tage eingekauft. Marie, hilfst du Tessa bitte mit den Einkäufen?« Herr Grevenbroich lächelte Marie an, während er seinen Mantel auszog.

»Ich hab noch zu tun«, sagte Marie knapp. So weit kam es noch, dass sie neben Tessa in der Küche stand und ihr zusah, wie sie sich dort breitmachte. Nee, das ging gar nicht! »Ich muss noch etwas nachsehen, wegen der Party im Jugendzentrum. Du weißt schon …« Und schon war Marie in ihrem Zimmer verschwunden.

Das Lachen von Tessa und ihrem Vater drang sogar durch die geschlossene Tür zu ihr und gefiel ihr gar nicht. Da konnte ihr Vater sie noch so sehr beruhigen, dass das alles ganz harmlos war. Sie glaubte ihm kein Wort. Die Partylaune war ihr vergangen. Marie beschloss, sich später

Gedanken um ihr Kostüm zu machen. Desinteressiert blätterte sie in den Büchern. Immer wieder fiel ihr Blick auf die Postkarte von Jo, die noch immer auf ihrem Bett lag. Sie überlegte, ob sie ihm eine SMS hinterherschicken sollte, denn zurückgerufen hatte er noch immer nicht. Kurzerhand entschied sie sich um. Wie unromantisch, eine SMS schrieb jeder. Marie holte einen Block hervor und kaute unentschlossen auf ihrem Kuli herum. Was soll's, dachte sie, Jo hatte auch ganz altmodisch Postkarten geschrieben. Jetzt empfand Marie das auf einmal als romantisch. Sie hoffte, auch ein paar Zeilen an ihn zu Papier zu bringen. So schwer kann das ja nicht sein, dachte sie und setzte den Stift energisch aufs Papier.

Lieber Jo, auch wenn unser Sommer längst vorbei ist, denke ich noch sehr oft an dich und …

Marie riss das Papier vom Block, zerknüllte es und schmiss es in die Ecke. Noch mal von vorne:

Hey, Jo! Hab dich nicht vergessen! Würde dich gerne wiedersehen.

Weiter kam sie erneut nicht. Und wieder flog das zerknüllte Papier durchs Zimmer. Marie hatte keine Ahnung, was sie eigentlich schreiben wollte. Wollte sie Jo nur zur Party einladen oder ihm auch mitteilen, dass ihr Herz sich nach ihm sehnte? Eigentlich beides. Aber wie sollte sie das geschickt verbinden, ohne dass es nach zu viel Sehnsucht aussah? Zu viel Offenheit schlug die Jungs oftmals in die Flucht, aber zu nüchtern sollte es ja schließlich auch nicht klingen. Verdammter Mist! Es war doch schwerer, als sie dachte, ein paar vernünftige Zeilen zu schreiben. Sie lehnte sich in die Kissen zurück, schloss die Augen und fragte sich, ob aus ihnen wohl ein Paar geworden wäre, wenn er nicht so weit weg wohnen würde. Sie mochte ihn wirklich sehr. Wie sehr, das wurde ihr erst in diesem Moment bewusst, als sie sein liebevolles Lächeln noch einmal vor ihrem geistigen Auge sah. So lieb hatte noch nicht einmal Leonard sie angesehen, den sie beim vorletzten Fall der drei !!! im *Rock Camp* kennengelernt hatte. Und auch Adrian, ihr Nachbar, dem sie vor einiger Zeit noch schmachtende Blicke zugeworfen hatte, hatte nicht solches Herzpochen verursacht wie die Erinnerung an Jo in diesem Moment.

»Stell dich nicht so an, Marie! Ein paar harmlose Zeilen wirst du doch schaffen, oder was? Los jetzt!«, schimpfte sie mit sich selbst und nahm erneut Papier und Stift zur Hand.

Schreck für Kim

Als Marie am nächsten Morgen las, was sie an Jo geschrieben hatte, war ihr der Brief peinlich. Er war viel zu kitschig und gefühlsduselig, fand sie und war unschlüssig, ob sie ihn wegwerfen oder einfach nur wegpacken sollte. Jo steht bestimmt nicht auf verkitschte Liebesbriefe, dachte sie und entschied sich für Letzteres. Mit leicht zittrigen Fingern legte sie ihn in die unterste Schublade ihres Schreibtisches. Nur für den Fall, dass sie doch noch den Mut aufbringen würde, ihn abzuschicken. In der Schublade fand sie auch den kleinen silbernen Plastikfisch, den er ihr geschenkt hatte. Sie strich gedankenversunken über die silbernen Schuppen. Gleich nach dem Kuss auf dem Pier hatte er sie zu einem dieser Automaten gezogen, die dort überall herumstanden. Wenn man Geld einwarf, spuckten diese Automaten entweder Kaugummi aus oder irgendein unnützes Plastikspielzeug. So kam der Silberfisch in ihr Leben. Der Fisch blieb ihr, Jo nicht. Marie seufzte.

Dann ging sie ins Bad, um sich für die Schule

zurechtzumachen. Zum Glück lief ihr Vater ihr nicht über den Weg, denn mit dem Strahlegrinsen, das seit einigen Wochen wie festgetackert in seinem Gesicht saß, konnte sie im Moment so gar nichts anfangen. Ob er in Tessa wohl ernsthaft verliebt war, fragte sich Marie, als sie ihre Haare föhnte. Beim Schminken überlegte sie schon, dass das Quatsch war, denn er liebte ihre Mutter schließlich noch immer, auch wenn sie schon so lange tot war. Und als sie in ihre Jacke schlüpfte, waren ihre Gedanken längst woanders. Sie freute sich auf den Shoppingnachmittag mit Kim und Franzi. Auch wenn sie sich dafür gleich nach der Schule den Kopf über ihr Kostüm zerbrechen musste.

Kim saß im Biounterricht bei Frau Klotz, die gerade anhand eines Plastikmodells die Anatomie der heimischen Frösche erklärte, als auch ihre Gedanken zur Motto-Party schweiften. Sie hatte ganz vergessen, Michi zu fragen, ob er mit ihr dort hingehen würde. Vielleicht kommt er ja als Geisterjäger verkleidet, dann könnte er mich jagen und mir mal wieder zeigen, wie sehr er mich mag, träumte Kim vor sich hin. Nicht nur ihre Gedanken wurden jäh unterbrochen, als die Schulsekretärin auf einmal im Klassenzimmer stand. Auch Frau Klotz' ausführliche Erläuterung über das Paarungsverhalten der Kröten endete abrupt. Sie winkte Kim zu sich, nachdem die Sekretärin ihr etwas zugeflüstert hatte.

»Ich?«, wunderte sich Kim.

Frau Klotz nickte. »Ja, Kim, gehst du bitte mal mit Frau Stein nach draußen. Es ist etwas mit deiner Mutter. Nimm bitte deine Sachen gleich mit. Du darfst den Unterricht für heute beenden.« Kims Knie schienen aus Gummi zu sein, als sie Frau Stein hinausfolgte. Und das lag nicht nur an Frau Klotz' Erklärung. Sie hatte auch noch das Gefühl, als würden alle Klassenkameraden sie von hinten mit Blicken durchlöchern. Es kam so gut wie nie vor, dass jemand von der Sekretärin aus dem Unterricht geholt wurde. Es sei denn … es sei denn, es war etwas Schlimmes passiert!

»Hoffentlich wurde sie nicht von einem Vampir gebissen«, rief ihr ein Mitschüler hinterher. »Sehr witzig«, zischte Kim, der das ganze Vampirgerede in der letzten Pause schon gehörig auf die Nerven gegangen war. Die Presse hatte ihr Bestes getan, um mal wieder Panik zu machen. Und zwei ihrer Mitschüler hatten die Schlagzeile des Tages »Vampire in der Stadt?« zum Anlass genommen, hinter den Mädchen herzujagen und so zu tun, als wollten sie sie beißen. Kim ließ das kalt. Ganz im Gegensatz zu der Nachricht, dass zu Hause irgendetwas passiert war.

Es war etwas Schlimmes passiert! Das sah sie

schon am Gesichtsausdruck ihres Vaters, der im Sekretariat auf sie wartete. Kim rutschte das Herz in die Hose.

»Kim, deine Mutter ist vor einer Stunde mit Blaulicht ins Krankenhaus gebracht worden. Ich konnte leider nicht früher kommen, der Verkehr und so.«

Kim schossen panisch Tränen in die Augen.

»Hey, so schlimm ist es auch nicht«, beruhigte ihr Vater sie und nahm sie in den Arm. »Verdacht auf Blinddarmdurchbruch. Das wird schon wieder. Sie ist wirklich noch rechtzeitig ins Krankenhaus gekommen.«

In dem Moment klingelte das Handy von Kims Vater.

»Das wird das Krankenhaus sein«, sagte er.

Kim versuchte, im Gesicht ihres Vaters zu lesen, wie schlimm die Nachricht wohl war. Seine Miene entspannte sich nach einer Minute, und als er auflegte, schnaufte er erleichtert.

»Puh! Kein Durchbruch. Trotzdem wird sie morgen operiert. Das verflixte Ding soll raus, bevor es doch noch richtig Ärger machen kann.«

Kim war erleichtert.

»Ich gehe jetzt einkaufen, Ben und Lukas sind sicherlich hungrig, wenn sie aus der Schule kommen. Du auch, Kinn?« Kim schüttelte den Kopf. Ihr war jetzt wirklich nicht nach Essen zumute.

»Deine Mutter ist ja für den Moment in der Uniklinik in den besten Händen. Ich schaue dann später nach ihr. Erst einmal kümmere ich mich um die Zwillinge. Die habe ich vorerst mit der Schreckensnachricht verschont. Würdest du bitte jetzt schon mal ins Krankenhaus fahren und deiner Mutter ein Nachthemd und Zahnbürste und so weiter bringen? Vielleicht noch etwas zu lesen … Hm. Geht das?«, fragte Kims Vater.

»Jaja«, murmelte Kim noch ganz in Gedanken.

Der Schreck lag ihr wie ein Klumpen Blei im Magen, als sie Marie eine SMS schrieb, dass es mit dem Shoppen heute nichts werden würde.

Näheres später – ruf mich an, wenn die Schule aus ist!

tippte sie zum Schluss und schickte die SMS ab. An Franzi ging eine ähnliche Nachricht heraus.

Kim hatte noch nicht einmal ihr Fahrradschloss geöffnet, als ihr Handy auch schon klingelte.

»Verflixte Kälte!«, rief sie, als sie auf dem Display sah, dass Marie dran war. »Ich bekomme mein Schloss nicht auf? Es ist vereist.«

»Aha«, sagte Marie und hakte verwundert

nach: »Und deshalb fällt unsere Shoppingtour aus?«

»Nein, meine Mutter ist im Krankenhaus und muss operiert werden. Nichts Lebensbedrohliches, aber Sorgen mach ich mir trotzdem! Ich bringe ihr jetzt gleich ein paar Sachen vorbei, deshalb kann ich nicht mit dir und Franzi in die Stadt. Geht halt ohne mich.«

Kim schluckte. Die Tränen, die sie vorhin nicht geweint hatte, kullerten jetzt. Das musste der Schreck sein, den die Nachricht ihr versetzt hatte.

Marie schaltete sofort. »Hey, du kannst jetzt bestimmt moralischen Beistand gebrauchen. Ich komme einfach mit. Treffen wir uns bei dir? In einer halben Stunde? Ich habe heute früher Schluss, Mathe fiel aus. Ich sag Franzi Bescheid, die kommt bestimmt auch mit! Shoppen können wir später immer noch. Oder morgen.«

Kim steckte ihr Handy zurück in die Jackentasche und hauchte ein paarmal ihr Fahrradschloss an. Dann endlich ließ sich der Schlüssel umdrehen und sie konnte es vom Fahrradständer befreien. Eine Viertelstunde später war sie zu Hause und suchte die Sachen für ihre Mutter zusammen. Da klingelte ihr Handy schon wieder. »Ach Michi«, seufzte Kim, als sie seinen Namen aufleuchten sah. »Ich hab jetzt wirklich keine Zeit, mir deine Zukunftspläne anzuhören«, murmelte sie, schüttelte sich und ignorierte das Klingeln mit einem Grummeln im Bauch.

Kurz darauf trudelte Marie ein. Gemeinsam warteten sie auf Franzi, die noch in der Schule ausharren musste, bis der Gong zum Ende des Unterrichts läutete.

»Sie müsste jede Minute kommen«, sagte Marie und blickte immer wieder auf ihre Armbanduhr. »Hoffentlich klemmt ihr Schloss nicht auch, dann sitzen wir hier noch eine Ewigkeit rum und schauen den Schneeflocken beim Fallen zu.«

»Hm«, murmelte Kim und starrte aus dem Fenster. »Da ist sie ja endlich!«, rief Kim, die schon leicht nervös wurde. Sie hätte längst im Krankenhaus sein sollen. »Hätten wir noch länger warten müssen, hätte mein Vater aber dumm aus der Wäsche geguckt, weil ich noch immer mit der gepackten Tasche hier hocke.«

Noch ehe Franzi auch nur ihr Fahrrad abstellen konnte, stürmten Kim und Marie schon auf sie zu.

»Saukälte, was?«, knurrte Marie und zupfte an Franzis dickem Schal herum. »Trotzdem kein Grund, sich so zu vermummen. Man sieht ja gar nichts mehr von dir!«

»Nee, das vielleicht nicht, dafür ist mir aber warm!«

»Und mir wird kalt, wenn wir hier noch länger herumstehen!«, sagte Kim und drängte augenzwinkernd zum Aufbruch. Sie war froh, dass ihre beiden Freundinnen sie ins Krankenhaus begleiteten. Kim mochte Krankenhäuser nicht sonderlich. Ihr lief immer ein kalter Schauer über den Rücken, wenn ihr auch nur dieser Geruch nach Desinfektionsmitteln und was sich sonst noch dazwischenmischte, in die Nase zog.

»Hey, wir sollten Kurzlaufski erfinden«, sagte Franzi und kämpfte sich tapfer durch die Schneedecke, die auf dem Fahrradweg lag.

»Was soll das denn sein?«, fragte Marie, die hinter Franzi herfuhr.

Kim, die neben Marie fuhr, schaltete schneller. »Na, die Idee kommt von Franzi! Was kann sie schon meinen? Ski für kurze Strecken, die man mal eben schnell unter die Füße schnallen kann – so wie Inlineskates.«

»Typisch Franzi! Fahr doch Schlittschuh, dann vermisst du vielleicht deine geliebten Skates nicht so. Bis zum nächsten Sommer ist es noch hin«, rief Marie Franzi zu.

»Danke für den Tipp!« Franzi trat kräftiger in die Pedale und beschleunigte so schnell, dass ihr das Hinterrad wegrutschte.

»Hey, wir wollen nur meine Mutter besuchen. Eine neue Patientin möchte ich nicht in die Uniklinik bringen!«, rief Kim ihr zu.

Ohne weitere Ausrutscher oder Verletzungen erreichten die drei das Krankenhaus. Das Zimmer 269, in dem Kims Mutter lag, war schnell gefunden. Ebenso schnell holten sie sich einen Rüffel von der Schwester ab, die gerade in dem Zimmer Blut abnahm.

»Anklopfen gehört nicht nur im Krankenhaus zum guten Ton!«, fauchte die Schwester und funkelte Marie wütend an, die als Erste das Zimmer betreten hatte. Kim schlängelte sich zwischen Marie und der Wand durch, murmelte ein »'tschuldigung« und ging zu ihrer Mutter ans Bett, die gar nicht krank aussah, sondern nur etwas blass um die Nase. Sie drückte ihr einen dicken Kuss auf die Wange und sagte: »Paps kommt später. Und solange leisten wir dir Gesellschaft.«

»Die Besuchszeiten werden hier in der Klinik zwar sehr großzügig gehandhabt, aber bitte seid etwas leiser, Frau Marx ist frisch operiert und braucht Ruhe«, zischte die Schwester und drückte dem Jungen neben ihr, der nur verlegen mit den Schultern zuckte, das Tablett mit den Blutproben in die Hand.

»Sei so gut, Robin, klebe schon mal die Etiketten auf, so wie bei den anderen beiden Damen auch. Du hast doch die Etiketten alle geklebt, oder? Ich muss Frau Marx nur noch eine Dosis Blut abknöpfen, dann sind wir hier durch.«

Franzi, die jetzt auch ins ohnehin schon enge Zimmer kam, lächelte Robin aufmunternd zu. »Ist nicht schwer, nur die Etiketten vom Papier lösen und auf die Röhrchen kleben. So wie man es in den Krankenhaus-Serien immer sieht!«, sagte sie vorlaut, als hätte sie selbst das schon tausendmal gemacht, und biss sich im selben Moment auch schon auf die Zunge. Sonst war sie nicht so draufgängerisch. Ganz im Gegenteil. Da hatte wohl ihre Nervosität, die oft in ihr aufstieg, wenn sie einen süßen Jungen sah, ihre Finger mit im Spiel gehabt. Robin hantierte fahrig mit den Röhrchen herum. Er nahm eines hoch, legte es wieder auf das Tablett, starrte auf die Etiketten und sah dann aus dem Augenwinkel Franzi an. Er lächelte sie an. Franzi erwiderte das Lächeln schüchtern. Offensichtlich trotzdem etwas zu lang, denn das Nächste, was im Zimmer zu hören war, war das leise Scheppern der Plastikröhrchen, die wie in Zeitlupe vom Tablett rutschten und auf den Boden fielen.

»Das hat gerade noch gefehlt! Das war das letzte Mal, dass ich einem Schülerpraktikanten Blutproben in die Hände gegeben habe! Verdammt!«, fluchte die Schwester, sammelte die Röhrchen vom Boden auf und schubste Robin aus dem Zimmer. »Hättest du gleich die Etiketten geklebt, dann wüssten wir jetzt wenigstens, welche Blutprobe von wem war«, begann sie und hörte auch nicht auf, Robin zurechtzuweisen, als die Tür bereits hinter den beiden zugefallen war. Auch durch die geschlossene Tür hörten Franzi, Kim und Marie das Geschimpfe der Schwester, das wie Regen aus einer superdicken Gewitterwolke auf Robin niederprasselte.

»Das ist ja ein echter Drachen!«, stöhnte Kim und war nicht sicher, ob ihre Mutter hier wirklich in den besten Händen war, wie ihr Vater hoffte.

Marie schmunzelte. »Du hast dem guten Robin wohl etwas zu lange in die Augen gesehen, Franzi! Schäm dich, den armen Kerl mit deinen tiefgrünen Augen so zu verwirren!«

Franzi wurde rot. »Ich kann doch nichts dafür, dass das Tablett Schieflage bekam.«

»Da wäre ich mir nicht so sicher! Dieser Robin ist durchaus ein schnuckeliger Typ! Auch wenn er nicht gerade deinem Beuteschema entspricht. Benni sieht er jedenfalls nicht im Geringsten ähnlich. Aber egal. Und du triffst wohl auch seinen Geschmack!«, stellte Marie zufrieden fest.

Zu der leichten Röte in Franzis Gesicht gesellten sich jetzt noch ein paar hektische Flecken. Aber wenn ihr jetzt gerade irgendetwas peinlich war, dann überspielte sie es ganz wunderbar. »Einen Flirt könnte ich vielleicht riskieren! Der sah so aus, als sei er es wert. Und Benni ist wirklich nur noch ein guter Kumpel, mehr nicht. Endgültig!«, gab sie grinsend zurück.

»Darf ich euch erinnern, wo wir hier sind?«, funkte Kim dazwischen und begann, die Tasche für ihre Mutter auszupacken.

Frau Jülich sah das etwas gelassener. »Na, Kim, ist schon in Ordnung«, sagte sie und lehnte sich in die Kissen zurück.

Als Kim, Franzi und Marie am Abend bei Marie auf dem Bett saßen und die Beute ihrer kurzen frühabendlichen Shoppingtour begutachteten, klingelte Kims Handy. »Meine Ma«, erklärte sie Franzi und Marie, die sie fragend ansahen. »Bin gleich wieder bei der Sache!«, zischte sie den beiden zu und legte die weißen Strümpfe zur Seite, die sie in diesem Moment arg an Stützstrümpfe erinnerten. Wollte ich damit wirklich mein Gespensterkostüm vervollständigen?, fragte sie sich, bevor sie sich auf die Worte ihrer Mutter konzentrierte.

Marie blätterte noch immer etwas ratlos in den Büchern und Magazinen. »Ich hab's!«, quietschte sie plötzlich und erntete dafür einen missbilligenden Blick von Kim, die das Handy jetzt noch fester an ihr Ohr drückte.

»Was hast du?«, fragte Kim, als sie das Gespräch mit ihrer Mutter beendet hatte.

»Gleich. Wie geht es deiner Mutter?«, fragte Marie mitfühlend.

»Alles so weit o. k. Sie wird morgen operiert. Die Ärmste musste sich noch mal piksen lassen. Und dein Robin ist schuld, wenn meine Mutter jetzt an Blutarmut leidet!«, sagte Kim zu Franzi, lächelte aber dabei.

»Vielleicht hat er die Blutproben ja mit Absicht zu Fall gebracht. Um noch mehr Blut zu bekommen. Wahrscheinlich ist er ein Jungvampir, der sich noch nicht an Halsschlagadern traut – und für Kühe scheint er keinen Geschmack entwickelt zu haben, also greift er auf Blutproben zurück.« Marie musste über ihre Theorie selbst lachen.

»Genau!«, stieg Kim ein. »Und das ist auch der einzige Grund, warum er sein Schülerpraktikum im Krankenhaus macht. Welcher normale Junge zieht das Krankenhaus schon aufregender Polizeiarbeit vor?«

»Gott, denkst du heute in Klischees«, stöhnte Franzi auf. »Oh, jetzt verteidigt sie ihn schon. Na, das kann ja heiter werden!«, kicherte Marie und stülpte Franzi die Strumpfhose mit den Spinnenweben über den Kopf.

»Sehr witzig!« Franzi schmollte für eine Sekunde. »Was ist jetzt, Marie? Weißt du endlich, was für ein dramatisches Kostüm du dir zusammenstellen willst?«

»Sicher!«, sagte Marie stolz und klappte das Kostümbuch auf. »Dieses hier! Nur muss der Rock kürzer werden und überall muss es glitzern und funkeln!«

Begeistert starrten Kim und Franzi auf ein Kostüm aus dem frühen 20. Jahrhundert, das anlässlich einer Aufführung der Operette »Madame Pompadour« im Stadttheater für Furore gesorgt hatte, weil es mehr Dekolleté zeigte, als der Anstand auch heute noch erlauben würde.

»Und das traust du dich?«, hauchte Kim.

»Na ja, nicht ganz, aber ein bisschen«, gestand Marie. »Ich will ja nicht mehr Angriffsfläche für Vampire bieten als nötig!«

»Kannst du wenigstens für heute mal mit diesem Vampirquatsch aufhören, Marie! Ich kann das echt nicht mehr hören.« Kim verdrehte die Augen.

Angriff der Vampire?

Auch Kims Brüder hatten sich von den Vampirschlagzeilen und der Hysterie anstecken lassen, wie Kim am nächsten Nachmittag feststellen musste. Nicht nur, dass sie eigentlich nur wenig Lust hatte, sich fortan jeden Tag mit den beiden rumärgern zu müssen, solange ihre Mutter im Krankenhaus lag. Jetzt gingen ihr die Zwillinge auch noch mit ihren falschen Vampirgebissen gehörig auf die Nerven! Das ging echt zu weit.

»Müsst ihr wirklich an jedem einzelnen Apfel austesten, wie täuschend echt die Abdrücke der Plastikbeißer sind?«, fragte sie spitz und riss Ben den letzten noch unversehrten Apfel aus der Hand, der im ganzen Haus noch zu finden war.

»Diesche Schähne schind der letschte Schrei in der Schchule«, nuschelte Lukas und fletschte die falschen Zähne. Dann lief er kichernd durchs Haus. Sein roter Umhang flatterte hinter ihm her, als er die Treppen herunterstürmte. Kim rannte aufgebracht hinterher. »Hört jetzt auf mit dem Unsinn!«, rief sie und war der Verzweiflung nah.

Marie rettete sie.

»Du kommst genau im richtigen Moment«, seufzte Kim, als sie gleich beim ersten Klingeln die Tür aufriss und Marie um Hilfe anflehte, kaum dass sie sie gesehen hatte.

»Oh, eine ganze Horde Vampire. Wusste gar nicht, dass das so gesellige Tierchen sind«, sagte Marie, als Ben und Lukas auf sie zugestürmt kamen.

»Es sind nur zwei, Marie. Auch wenn sie ebenso schlecht zu bändigen sind, als wären sie eine riesige Herde Blutsauger! Hilf mir!«

»Wäre ja nicht das erste Mal, dass ich die beiden Quälgeister zähme!« Marie lachte. Sie überlegte einen Moment, dann kramte sie in ihrer Tasche, holte zwei Glitzer-Gelschreiber hervor und reichte sie den beiden. »Hier!«, sagte sie. »So wie ihr jetzt ausseht, seid ihr nichts weiter als ganz gewöhnliche Vampire. Denkt euch ein paar magische Sprüche aus, die ihr innen auf den Umhang schreibt, dann bekommt ihr Zauberkräfte, so stark, das ahnt ihr gar nicht!«

Ben und Lukas nahmen staunend die Stifte und sausten in Richtung ihres Zimmers. »Echt wahr?«, rief Ben noch von der Treppe.

»Wirst schon sehen!« Marie zwinkerte ihm verschwörerisch zu.

»Warum bin ich nur nicht auf die Idee gekommen?«, seufzte Kim.

»Tja, weil du wahrscheinlich mit der Rettung der Äpfel beschäftigt warst«, sagte Marie schulterzuckend. »Die zwei Nervensägen sind wir erst einmal los. Franzi ist noch nicht da?«

»Nee, wollen wir schon mal anfangen? Tut mir leid, dass du jetzt die ganzen Klamotten hierherschleppen musstest, aber solange meine Mutter ...«

»Schon gut«, winkte Marie ab. »Ist doch o.k., dass wir hier die Kostümprobe machen. Lieber schleppe ich einen Berg Klamotten mit mir rum, als dass Ben und Lukas das Penthouse verwüsten.«

Franzi ließ auch nicht lange auf sich warten. Und während sie zu dritt in Kims Zimmer saßen und versuchten, so gut es ging, das laute Aufsagen irgendwelcher magischer Sprüche von Ben und Lukas zu ignorieren, probierte eine nach der anderen ihr Kostüm an und führte es vor. Am Ende waren alle begeistert von dem, was sie zusammengestellt hatten. Jedes Kostüm war etwas ganz Besonderes – auf seine Art.

»So, die Kostüme sind fertig! Und was machen wir jetzt? Was machen wir überhaupt?«, fragte Kim.

»Hä?« Franzi wusste nicht, was Kim meinte,

und fragte: »Aufräumen vielleicht? Meinst du das?«

»Nee, was ist mit den drei !!!? Wir haben immer noch keinen neuen Fall. Und es ist auch keiner in Sicht. Mir ist schon richtig langweilig. Vielleicht sollten wir einfach mal überlegen, wie wir unseren Detektivclub verbessern könnten«, schlug Kim vor. »Was meint ihr?«

»Ja, und wie?«, fragte Marie, die sich in der Welt der Kostüme mehr als zu Hause fühlte und die Detektivarbeit scheinbar völlig vergessen hatte.

»Also, wie wäre es, wenn wir die Ausrüstung mal auf Vordermann bringen?«, warf Franzi ein.

»Ich dachte eher an etwas, das wirklich wichtig ist. Zum Beispiel könnten wir einen Erkennungssatz ausmachen. Also, ich meine ... äh ...« Kim wusste selbst nicht so recht, wie sie das formulieren sollte, was ihr gerade durch den Kopf ging. Kein Wunder, dass Marie und Franzi sie fragend ansahen.

»Na ja, stellt euch mal vor, dass eine von uns in Gefahr gerät. Das Handy hat sie zwar dabei, kann aber trotzdem nicht nach Hilfe rufen, weil irgendein Schurke hinter ihr steht und mithört. Um sich selbst nicht in Gefahr zu bringen, könnte sie dann ja schlecht sagen: ›Hey, auf mich wird gerade eine Pistole gerichtet, aber schön, dass du anrufst!‹ Das wäre doch völlig leichtsinnig, oder?«

Franzi und Marie verstanden jetzt, worum es Kim ging.

»Wir bräuchten einen Erkennungssatz. Irgendeinen Satz, bei dem wir alle drei sofort wissen, dass eine von uns in Gefahr ist.«

»Tolle Idee!«, rief Marie. »Und so vorausschauend.«

Sie grübelten eine ganze Weile darüber nach, was für ein Satz das wohl sein könnte. Ein Satz eben, der so banal war, dass er nichts verriet, und trotzdem genau aussagte, dass eine der drei in Not war. Und sie müssten ihn unauffällig in jedes Gespräch einfließen lassen können.

»Panik auf der Titanic« (Maries Idee) fiel weg. Ebenso »Da ist was im Gebüsch – vielleicht ein Hund« (Franzis Vorschlag). Und auch »Der Schuss ging ja wohl voll nach hinten los« (Kims Wunsch) war nicht passend. Am Ende fanden sie doch einen Satz, mit dem sie alle einverstanden waren.

Detektivtagebuch von Kim Jülich
Dienstag, 19:07 Uhr

Die drei !!! sind echt clever! Wir haben einen Notfallplan! Ist eine von uns in Gefahr und noch in der Lage zu telefonieren – trotz Kidnapper oder sonstiger Halunken im Nacken –, sagen wir einfach:

»Kannst du mir bitte noch Zeug für die Schule mitbringen?«, und jede von uns weiß sofort Bescheid, dass die andere Hilfe braucht. Hört sich blöd an, ist eben ein völlig harmloser Satz, der nichts verrät. Wenn wir verschlüsselt sagen wollen, wo wir sind, fügen wir einfach noch einen kurzen Satz hinzu. Sind wir im Norden der Stadt, sagen wir: »Ich brauche noch ein Notenheft.« Sind wir im Süden: »Ich brauche noch Stifte.« Sind wir im Westen, sagen wir: »Ich brauche noch Wachskreide.« Und wenn wir im Osten sind, sagen wir: »Ich brauche noch Ordner.« Und wenn wir irgendwo dazwischen sind, dann brauchen wir eben gerade mal Stifte und Ordner. Oder so. Ich finde das total clever! Hätten wir schon längst drauf kommen können!

Und weil wir für eine Stunde sowieso wieder unsere Detektivhirne aktiviert hatten, haben wir beschlossen, uns selbst einen Fall zu suchen. Kommt kein Fall zu uns, kommen wir zum Fall. Uns geht diese ganze Panikmache der Zeitungen gerade ziemlich auf die Nerven. Und deshalb haben wir beschlossen, im Fall Vampire zu ermitteln. Es gibt nämlich gar keine Vampire. Aber jeden Tag ist irgend so eine Schlagzeile in der Zeitung, die uns für dumm verkaufen will. Scheinbar haben die Leute von der Presse gerade nichts Besseres zu schreiben. Und bisher hat sich auch noch kein Reporter die Mühe gemacht herauszufinden, was es mit den seltsamen Vorkommnissen in der Stadt auf sich hat. Jetzt werden die drei !!! das übernehmen. Wir haben also einen neuen Fall! Endlich! Wurde auch mal wieder Zeit.

Wir haben vorhin noch mal die Schlagzeilen der letzten Tage im Internet nachgelesen.

Schlagzeile 1: Rinder von Vampir gebissen

Schlagzeile 2: Hühner vom Hof verschwunden – waren es wieder Vampire?

Schlagzeile 3: Rentnerin in Todesangst! Vampire schleichen umher!

Franzi hat auf dem Foto unter der ersten Schlagzeile ihren Nachbarn vom Hof gegenüber erkannt. Und dort beginnen wir gleich morgen nach der Schule mit unseren Ermittlungen. Vielleicht finden wir ja irgendetwas Spannendes heraus!

Marie wartete am nächsten Tag bereits auf dem Pausenhof auf Kim und Franzi. Gemeinsam radelten sie los. Da es aufgehört hatte zu schneien und auch die Sonne ab und zu mal wieder zwischen den Wolken hervorblitzte, würde keinem der drei Mädchen während der halbstündigen Fahrt hinaus zu Franzi die Nase abfrieren.

Dort angekommen, lehnten sie ihre Fahrräder an den Schuppen und schmissen den Bollerofen im Hauptquartier an. Marie packte die Digitalkamera ein, die zu ihrer Detektivausrüstung gehörte, während Franzi rasch ins Haus lief, um ihrer Mutter ein paar Stücke Kirschkuchen abzuschwatzen. »Es gibt leider nur Apfelkuchen«, sagte sie, als sie zurück zu Kim und Marie kam. »Wir haben etwas über eine Stunde Zeit für unsere Ermittlungen, wenn wir den Kuchen noch warm essen wollen.«

»Das schaffen wir!«, stellte Kim zuversichtlich fest und freute sich innerlich schon auf die Sahne, die auf noch warmem Kuchen am allerleckersten war. »Auf zu Bauer Friese!« Kim klatschte in die Hände und bat Franzi vorzugehen, die ja den Weg kannte.

Bauer Friese war erstaunt, die drei Mädchen zu sehen. Ihre Neugier, was seine gebissenen Rinder anging, befriedigte er aber gerne. »Wenn ihr wirklich gute Detektivinnen seid und mehr herausfinden könnt als die dusseligen Reporter, dann mal los.«

Zu viert stiefelten sie über die Weide, die dank des einsetzenden Tauwetters ziemlich matschig war. Marie fiel es schwer, sich keine Sorgen um ihre sündhaft teuren Stiefel zu machen, das sah Kim ihr an der Nasenspitze an. Im Stall angekommen, rümpfte Marie die Nase, als sie sah, wie schmutzig ihre Schuhe tatsächlich waren.

»Und dafür habe ich mir meine Schuhe ruiniert!«, maulte Marie später, denn außer dass sie ein paar Fotos von den längst verschorften Bisswunden gemacht hatten, war der Besuch bei Bauer Friese im Stall nicht sehr ergiebig gewesen. Eigentlich hatten sie nichts herausgefunden, was nicht schon vorher in der Zeitung gestanden hatte. Außer dass es ebenfalls ein Nachbar von Franzi war, bei dem die Hühner vom Hof verschwunden waren. Bauer Friese hatte erst am Morgen mit Frau Klein und ihrem Mann gesprochen, die sich noch mal fürchterlich über das verlorene Federvieh aufgeregt hatten.

Auch als Franzi, Kim und Marie ihr jetzt Fragen zu den Hühnern stellten und sich den Stall zeigen ließen, schimpfte Frau Klein, ohne auch nur einmal Luft zu holen.

»Glauben Sie wirklich an Vampire?«, fragte Kim, nachdem sie sich den Stall und den eingezäunten Auslauf angesehen hatte.

Frau Klein zuckte ratlos mit den Schultern. »Was soll es denn sonst gewesen sein? Heinzelmännchen? Im Zaun ist kein Loch, den hat mein Mann erst letzte Woche überprüft. Ein Marder war es also nicht.«

»Anscheinend war er aber nicht sehr gründlich«, nuschelte Kim verlegen, denn sie verpetzte nur ungern jemanden. Aber der kaputte Maschendrahtzaun gleich hinter dem Stall war ihr sofort aufgefallen, als sie um den Stall herumgegangen war.

»Oh«, sagte Frau Klein, als Kim ihr die beschädigte Stelle im Zaun zeigte, die mit Sicherheit für keinen Marder der Welt zu übersehen war.

»Tim!«, schrie sie und fuchtelte wie wild mit den Armen. »Tim! Nun sieh dir das mal an! Kannst du nicht einmal etwas richtig machen?«

Das Gezeter wollten Kim, Franzi und Marie nicht weiter mitverfolgen. Nichts wie weg! Die Abenddämmerung hatte eingesetzt, und wenn sie noch bei Tageslicht weiterermitteln wollten, müssten sie sich ohnehin beeilen.

Doch ganz so schnell ließ Frau Klein sie nicht gehen.

»Geht doch mal rüber zu der alten Nelly, vielleicht waren bei ihr ja wirklich Vampire am Werk. Die ist nämlich immer noch völlig durch den Wind, seit diese ominöse Gestalt mit dem flatternden Umhang um ihr Haus geschlichen ist. Unsere Hühner hat wahrscheinlich wirklich ein Marder gerissen. Tim, nun mach schon!«, rief sie jetzt so laut, dass Kim erschrocken zusammenfuhr.

»Wow. Die kann aber keifen, was?«, stöhnte Kim auf, als sie außer Hörweite waren.

Der alten Nelly hingegen war gar nicht nach Keifen. Ihr war noch nicht einmal nach Reden zumute. Sie sah die Mädchen nur erstaunt an, als sie bei ihr vor der Tür standen und sie um Mithilfe bei der Aufklärung der seltsamen Vorkommnisse in der Stadt baten. Das Wort *Vampir* vermieden Franzi, Kim und Marie. Sie wollten nicht, dass die alte Nelly noch bleicher wurde, als sie ohnehin schon war. Die alte Dame wirkte tatsächlich etwas neben der Spur. Ihre Augen flackerten und wanderten unruhig zwischen den Mädchen hin und her. Immer wieder zog sie die Nase hoch, und statt mit einem Taschentuch wischte sie sich die Nase einfach mit dem Kittel ab, der von ihren mageren Schultern rutschte. Als sie ihre Stimme wiedergefunden hatte, fragte sie: »Wer seid ihr? Was wollt ihr?«

»Wie sind Detektivinnen«, sagte Kim.

»Detek… was? Detektoren? Hab ich nicht! Und ich kaufe auch keine. Und an der Haustür schon gar nicht.«

»Nein, nein, wir sind De-tek-ti-vin-nen. Wir lösen jeden Fall … oder so ähnlich«, murmelte Franzi, als sie merkte, dass die alte Nelly ihr nicht folgen konnte. Franzi kramte in ihrer Hosentasche, holte eine Visitenkarte hervor und hielt sie der alten Nelly hin.

Blitzschnell zischte ihre knochige Hand aus der Kitteltasche und schnappte die Karte, nur um sie gleich darauf in der Kitteltasche verschwinden zu lassen. »Ich kann das ohne Brille sowieso nicht lesen«, sagte sie, ohne auch nur einen Blick auf die Karte geworfen zu haben. »Was steht da? Nein, nein, der Schornsteinfeger ist für heute nicht angemeldet. Und Hühneraugen habe ich auch keine, seit letztem Sommer nicht mehr. Apropos Hühner, wie geht es den Hühnern von Frau … ähm … Winzig?«

Marie verdrehte die Augen. »Das wird nichts, hier kommen wir keinen Schritt weiter«, zischte sie Kim und Franzi zu. »Mädels, ich bin sicher, die alte Nelly hat garantiert einen echten Vampir gesehen! Und ein fliegender Elefant kommt hier bestimmt auch jeden Morgen vorbei und bringt Brötchen. Vergesst es!«

In dem Moment flatterte etwas um Franzis Beine, was sie so erschreckte, dass sie es nun war, die leichenblass wurde. Panisch schrie sie auf: »Ihhhh!«

Unerklärliche Bisswunden

Kim und Marie kicherten immer noch, als sie bei warmem Apfelkuchen mit zart zerlaufender Sahne im kuschelig aufgewärmten Hauptquartier saßen. »Ach, Franzi, dass du mal vor einem harmlosen Herrenhemd so viel Angst haben würdest, hätte ich im Leben nicht gedacht!«, stichelte Marie und hielt die Ausbeute des Besuches bei der alten Nelly wie eine Trophäe in die Luft.

»Ich konnte ja nicht wissen, dass es bloß ein Hemd ist. Hättet ihr geahnt, dass es nur eine vorn Wind umgepustete Vogelscheuche war, die die alte Nelly so in Angst und Schrecken versetzt hat?«

»Nee, jedenfalls nicht bis zu dem Moment, wo dich ein Teil der Vogelscheuche in Panik ausbrechen ließ.« Kim musste wieder kichern. »Stell dir mal vor, der Wind hätte den Strohkopf der Vogelscheuche um deine Beine kugeln lassen. In der Dämmerung hätte keine von uns gleich erkannt, dass es nicht der rollende Kopf des Opfers eines Vampirangriffes gewesen ist.« Kim warf den Strohkopf, den sie aus dem Gemüsebeet der alten Nelly gefischt hatte, ein paarmal hoch und grinste. »Hätte die alte Nelly der Vogelscheuche einen Pullover angezogen, wäre das alles nicht passiert. Aber Vogelscheuchen mit Hemden sind ja auch gemeingefährlich! Hemden flattern nun mal im Wind und pusten sich in der Fantasie gerne mal zu Vampirumhängen auf. Diese verdammte Panikmache der Presse! Die alte Nelly war bestimmt schon vorher nicht mehr ganz beieinander. Und die Schlagzeilen der letzten Tage haben ihr ganz sicher den Rest gegeben.«

»Schmierfinken«, stimmte Franzi ihr zu.

»Nun haben wir gar nichts Geheimes zu besprechen. Schade, ich dachte, die Kutsche würde mal wieder zum Einsatz kommen«, seufzte Marie und kaute auf einem Apfelkern herum, den sie dann übermütig einmal quer durch den Schuppen spuckte.

»Aufheben«, kommentierte Franzi diese Aktion trocken.

Detektivtagebuch von Kim Jülich
Mittwoch, 21:08 Uhr

Bevor wir uns jetzt noch verzweifelt auf die geheimnisvolle Suche nach verschwundenen Apfelkernen machen, bleiben wir am Fall Vampire dran. Auch wenn der heutige Tag keine großartigen Erkenntnis-

se ans Licht brachte. Leider. Ich hatte so gehofft, dass wir vielleicht doch echten Vampiren auf der Spur wären. Wer weiß, noch ist nicht alles gelöst. Fest steht

1. *Die Hühner hat ein Marder stibitzt (na ja, so fest steht das nicht, aber es ist sehr wahrscheinlich).*
2. *Die alte Nelly sieht vielleicht wirklich mehr als wir. Aber nur in ihrem Kopf. Wie man eine Vogelscheuche mit einem Vampir verwechseln kann, ist mir wirklich schleierhaft – selbst wenn sie von einem heftigen Sturm durch die Gegend geweht wird. Alles, was uns bleibt, sind die Fotos von den Bisswunden des Rindes. Die zeige ich morgen meiner Biolehrerin. Vielleicht kann die damit etwas anfangen. Fest steht: Irgendwer oder -was hat die Rinder gebissen. Vielleicht doch ein Vampir?*

Geheimes Tagebuch von Kim Jülich
Mittwoch, 21:27 Uhr

Lesen für Unbefugte verboten! Dazu zählen auch Vampire – egal ob verkleidete oder echte – also Ben und Lukas, klappt die Beißer wieder zu und Hände weg von allem, was euch nichts angeht, sonst fletsche ich mal die Zähne und beiße kräftig zu. Haps!

Michi, Michi, Michi … ach, was soll ich nur mit ihm machen? Vorhin habe ich ihn endlich mal zurückgerufen (jaja, hätte ich längst machen sollen). Erst war er beleidigt, weil ich nicht sofort zurückgerufen habe, und dann hat er mich auch noch ange-

pampt, weil wir einen neuen Fall haben. »Dass ihr noch immer mit diesem Detektivclub die Zeit vergeudet! Ermittlungen sind Sache der Polizei. Was ihr da macht, ist lächerlich« – seine Worte! Lächerlich, hat er gesagt! Mir ist fast das Handy aus der Hand gefallen. Früher war er doch immer so begeistert dabei, hat geholfen und für uns die Analysen gemacht. Und bei unserem letzten Fall wollte er mir sogar aus Sorge um meine Sicherheit verbieten, zu ermitteln. Und jetzt? Ist der Club lächerlich. Pah! Dass er mal so drauf sein würde, hätte ich nicht gedacht. Der kurze Rest des Gespräches war eine einzige Katastrophe! Wen wundert's? Mich nicht. Michi hat 'nen Knall und mein Herz hat 'nen Knacks. Mehr kann ich dazu im Moment echt nicht schreiben. Ich bin stinksauer!

Und wo ich gerade dabei bin, mich über einen dieser merkwürdigen männlichen Bewohner dieses Planeten auszulassen, da wäre noch ein Kandidat, der mich so richtig sauer macht: Jo. Ich habe Marie vorhin gefragt, ob er sich auf ihren Anruf gemeldet hat. Hat er nicht. Was soll das? Marie einfach so abzuservieren, als hätte es ihren Sommerflirt nie gegeben. Soll er ihr doch 'ne SMS schicken, wenn er sich nicht traut, ihr am Telefon zu sagen, dass er keinen Bock mehr auf sie hat. Aber erst noch wildromantische Postkarten aus Hamburg zu schreiben und dann ihren Anruf zu ignorieren, ist nicht fair! Marie tut so, als würde sie das einfach wegstecken, aber ich habe ihr angesehen, wie sehr sie darunter leidet. Das Thema Jo ist längst nicht gegessen. In zwei Tagen ist die Motto-Party. Ob Jo sich bis dahin noch meldet? Wahrscheinlich hat er längst eine neue Marie – oder 'ne Alina oder 'ne Chantal ... oder sonst wen. Der Holzkopf weiß gar nicht, was ihm entgeht!

Vielleicht sollte ich eine Familienpackung Taschentücher kaufen, die dunkle Jahreszeit hat gerade erst angefangen und ich fürchte, das wird ein tränenreicher Winter!

Bevor Kim am nächsten Vormittag dazu kam, ihre Lehrerin zu fragen, von welchem Tier die Bisswunden auf dem Foto stammen könnten, musste sie erst einmal einen Schwall Herzenswärme über sich ergehen lassen. Frau Klotz hatte ein mitleidiges Lächeln angeknipst und löcherte Kim mit zu vielen Fragen.

»Wie geht es deiner Mutter?« war noch die harmloseste.

»Sie wurde operiert, hat alles gut überstanden und ist fast schon wieder gesund. Ich besuche sie nachher zusammen mit meinen Freundinnen«, antwortete Kim und kam auch gleich zu dem, was ihr eigentlich unter den Nägeln brannte, als sie nach der Biostunde ans Pult von Frau Klotz gegangen war.

»Bitte sehen Sie sich mal diese Fotos an!« Kim

schaltete die Digitalkamera an und scrollte zu den Bildern, die sie gestern aufgenommen hatten.

»Hm«, murmelte Frau Klotz und zoomte das Foto heran. »Du möchtest wissen, welches Tier solche Wunden verursachen könnte?«

Kim nickte.

»Das kann ich dir leider nicht sagen, die Wunden sind schon zu alt. Zu verschorft.«

Mist! Kim überlegte einen Moment. »Kann es ein Vampirbiss sein?«, fragte sie dann und kam sich selbst ziemlich albern vor.

»Klar, ja doch, das ist denkbar!«, antwortete Frau Klotz und lachte. »Ach, Kim, du darfst nicht alles glauben, was in den Zeitungen steht.«

Das war Kim selbst klar. »Trotzdem, kann das ein Vampir gewesen sein?«, fragte sie erneut und fügte hinzu: »Nur um das mal auszuschließen.«

»Wenn man die harmlosen kleinen Fledermäuse, die sich jetzt allerdings längst in ihr Winterquartier in den alten Stollen am Stadtrand zurückgezogen haben, als Vampire bezeichnen möchte, dann lautet meine Antwort: Ja, es könnten Vampire gewesen sein!«, sagte Frau Klotz verschmitzt und gab Kim die Digitalkamera zurück. Auf ihrer Stirn bildete sich eine steile Falte. »Auf welchen Tieren hast du die Bisswunden noch gleich gefunden?«

»Auf einer Kuh.«

»Hm? Die einzigen Vampire, die ich für diese Bisswunden verantwortlich machen würde, wären die Weißflügelvampire. Aber die fallen auch gleich wieder weg, die mögen nämlich kein Rinderblut, sondern nur Ziegen-, Hühner- und Meerschweinchenblut. Außerdem sind die nur in Mittel- und Südamerika von Mexiko bis Argentinien verbreitet. Und unsere heimischen Fledermäuse ziehen Insekten dem Blut vor.« Frau Klotz packte ihre Bücher zusammen und war im Begriff, das Klassenzimmer zu verlassen.

Kim kombinierte blitzschnell: Vampire, Fledermäuse, Blut ... Vielleicht hatten die Reporter ja nur einen Hauch an der Wahrheit vorbeigeschrieben. Eventuell gab es eine andere Fledermausart, die zugebissen hatte, weil ihr Rinderblut eben ganz besonders gut schmeckte. Was hatte sie neulich in der Biostunde gelesen, als sie im Biobuch blätterte – irgendetwas war da doch ... Kim kam nicht sofort drauf, aber dann.

»Vielleicht war es der Gemeine Vampir!«, rief sie Frau Klotz hinterher. »Dem schmeckt Rinderblut ganz ausgezeichnet, oder?«

»Nee, nee, Kim, der lebt auch nur in Teilen von Amerika. Und jetzt will ich nichts mehr von Vampiren hören. Die Biostunde ist beendet. Habt ihr jetzt nicht gleich Sport?«

Kim nickte. Sport war das Letzte, wofür sie sich jetzt interessierte. Ihre Gedanken kreisten noch immer um den Fall. Auf dem Weg zur Turnhalle schrieb sie eine SMS an Marie und Franzi:

Es gibt tatsächlich Vampire! Und eines von den hungrigen Viechern hat das Rind gebissen! Und wir werden das beweisen!!!

Marie musste lachen, als sie die SMS gleich nach Schulschluss las. Soso, wenn Kim meint, dann sollten wir uns vielleicht doch noch mal so einen ekelhaften *Vampire Defence* im *Lomo* reinziehen, dachte sie. Allein die Erinnerung an das ekelhafte Buttermilch-Zeug brachte sie zum Würgen. Aber es brachte sie auch auf eine andere Idee: Buttermilch-Honig-Gesichtsmaske! Ja, genau das Richtige bei diesem trüben Novemberwetter, dachte Marie und sah auf ihre Armbanduhr. Sie hatte noch zwei Stunden Zeit, bis sie sich mit Franzi und Kim vor dem Krankenhaus treffen würde. Voller Vorfreude auf eine Wellnessstunde in einer Traumwolke aus Sandelholzöl und Rosenduft trat sie kräftig in die Pedale.

Doch kaum hatte sie das Sandelholzöl ins heiße Badewasser geträufelt und die Gesichtsmaske aufgelegt, verflog die Freude blitzschnell wie billiges Parfum.

»Prinzessin, wo steckst du? Wir haben Besuch«, flötete Maries Vater, kaum dass er zu Hause war.

Nicht schon wieder Tessa, dachte Marie genervt und wusste im ersten Moment nicht, ob sie sich die Buttermilchmaske gleich wieder aus dem Gesicht wischen oder stur an ihrem Plan festhalten sollte. Als Tessas Stimme durch die Wohnung klirrte, bestärkte das Marie nur in ihrem Wunsch nach einem heißen Bad. Abtauchen war angesagt! Entschlossen zündete sie die Duftkerzen auf dem Badewannenrand an, schaltete den CD-Player ein und ließ sich wohlig ins warme Wasser gleiten. Sie drehte den Ton etwas lauter, sodass auch ihr Vater nicht überhören konnte, dass sie nicht gestört werden wollte. Die sanften Klänge der neusten CD ihrer Lieblingsband *Boyzzzz* brachten Marie augenblicklich in eine andere Welt – in der es keine Tessa gab und in der ihre Mutter noch lebte und alles rosarot war.

Nach und nach lief ihr die von der Wärme flüssig werdende Gesichtsmaske von den Wangen. Als keine Gurkenscheibe mehr da war, wo sie hingehörte, beendete Marie das Bad mit dem Gefühl, relaxed wie nie zu sein.

Die Realität holte sie schneller ein, als ihr lieb gewesen wäre. Mit einem Turban auf dem Kopf und in einen flauschigen Bademantel gehüllt, wollte sie sich ungesehen in ihr Zimmer verdrücken. Ungesehen! Auch hätte sie sich gewünscht, sie hätte nicht gesehen, was sie sah: Ihr Vater saß zusammengekuschelt mit Tessa im Wohnzimmer auf dem Sofa.

Hätte er nicht die Tür zumachen können?, grummelte Marie innerlich und rauschte in ihr Zimmer. Am liebsten hätte sie sich heulend aufs Bett geworfen und die Decke über den Kopf gezogen. Für immer!

Heute brauche ich moralischen Beistand, dachte Marie und war froh, dass sie sich gleich mit Franzi und Kim treffen würde. Die brauchte sie jetzt am nötigsten – ihre besten Freundinnen!

»Oh, oh!«, raunte Kim Franzi zu, als sie Marie im Eiltempo auf den Eingang vom Krankenhaus zuradeln sahen. »Was hat Marie denn so den Tag verhagelt?«

Franzi zuckte mit den Schultern. »Das Wetter war es heute bestimmt nicht! Von Hagel keine Spur!«

»Tessa klebt schon wieder an meinem Vater. Und dieses Mal in echt! Sie saßen kuschelnd auf dem Sofa! Ich fass es nicht! Und er erzählt mir dauernd, sie wären nur Kollegen«, platzte es aus Marie heraus, kaum dass sie ihr Fahrrad angekettet hatte.

»Vielleicht solltest du deinen Vater auch anketten«, stichelte Franzi. »Damit er *dir* nicht abhandenkommt.«

»Franzi, bitte!« Kim gab ihr einen leichten Hieb in die Seite. Marie beachtete Franzis spitze Bemerkung gar nicht und ließ ordentlich Dampf ab. Kim wusste gar nicht, dass Marie so viele böse Wörter kannte. Bibbernd rieb sie sich die Hände. »Können wir jetzt endlich reingehen? Sonst ist meine Mutter längst wieder gesund und munter zu Hause und wir stehen hier immer noch und frieren uns 'nen Ast ab.« Tröstend nahm sie Marie in den Arm. »Leg ihm doch eine Knoblauchzehe unter das Kopfkissen – vielleicht hilft das ja nicht nur gegen Vampire, sondern auch gegen andere lästige Besucher.«

»Ach«, seufzte Marie und folgte Kim und Franzi.

»Hey, du bist ja schon wieder auf den Beinen«, wunderte sich Kim, als sie ihre Mutter vor dem Servierwagen mit den Abendbrottabletts stehen sah.

»Die Zeiten, in denen man sich als Patient tagelang bedienen lassen konnte, sind wohl vorbei«, seufzte Frau Jülich und nahm Robin das Tablett aus der Hand.

»Hey, da ist der süße Jungvampir«, raunte Marie Franzi zu und stieß ihr unauffällig in die Seite. Franzi bekam weiche Knie. Ups, hat sie es doch heftiger erwischt, als ich dachte?, überlegte Kim, die aus dem Augenwinkel Franzis zunehmende rote Flecken im Gesicht bemerkte. »Lad ihn zur Motto-Party ein«, flüsterte sie ihr zu.

»Ich?«, fragte Franzi und druckste herum. »Kannst du das nicht machen?« Flehend sah sie Kim an. Lächelnd schüttelte die den Kopf. »Nimm deinen ganzen Mut zusammen. Was soll schon passieren? Robin sagt bestimmt Ja«, machte sie ihr Mut. Franzi zögerte. Dann straffte sie die Schultern und stellte sich in die Reihe der wartenden Patienten. Da vor ihr sechs weitere Patienten standen, hätte sie noch genügend Zeit, die Flucht zu ergreifen, wenn sich ihr kurzfristiger Mut wie Rauchwolken verziehen würde. Aber sie kniff nicht. Als Franzi an der Reihe war, fragte sie leise: »Bekomme ich mein Abendbrot jetzt jeden Tag von dir serviert?«

»Hui, seit wann ist Franzi denn sooo mutig?«, staunte Marie. Kim lächelte daraufhin nur zufrieden und sagte: »Scheint ihr um etwas zu gehen, da wächst man schon mal über sich selbst hinaus.«

Robin war im ersten Moment ziemlich irritiert. Und als Franzi ihn dann tatsächlich zur Motto-Party einlud, bekam schon wieder ein Tablett Schieflage. Franzi kicherte. »Besser, ich gehe dir in Zukunft aus dem Weg, was? Bevor du noch richtig Ärger bekommst«, sagte sie und brachte das Tablett mit einem Griff wieder in die Waagerechte. Dabei berührte ihre Hand kurz die von Robin. Ein wohliger Schauer lief ihr über den Rücken. Und das zarte schnellere Klopfen ihres Herzens brachte sie total durcheinander.

Robin wirkte nicht weniger verwirrt. Strahlend war das Lächeln, das er Franzi jetzt schenkte, jedenfalls nicht. Eher hilflos, wenn nicht sogar scheu. Franzi rechnete mit einem Korb, aber sie hatte sich getäuscht.

»Robin kommt auch zur Party«, quietschte sie glücklich, als sie neben dem Bett von Frau Jülich stand und den fragenden Blicken von Kim und Marie nicht mehr ausweichen konnte. Wozu auch, denn dass sie ein Date mit Robin hatte, sollte ruhig jeder wissen. Jetzt wusste es jeder – zumindest jeder in diesem Krankenzimmer. Somit leider auch die Schwester, die Robin bei ihrem letzten Besuch zusammengestaucht hatte. Aber Franzi war das egal.

Vampire in Partylaune!

Kim, Franzi und Marie saßen am nächsten Nachmittag im *Café Lomo.* Keine von ihnen brachte es über sich, noch einmal den *Vampire Defence* zu bestellen. Auch wenn jetzt fast bewiesen war, dass tatsächlich ein Vampir für die Bisswunde bei Bauer Frieses Rind verantwortlich war, nämlich der Gemeine Vampir. Doch die Furcht vor diesem Vampir war nicht groß genug, um das Schauder-Getränk noch einmal zu bestellen. Sie blieben bei ihrem geliebten *Kakao Spezial.* Heute ohne Zimt, denn der hatte sowieso nicht den gewünschten Effekt bei Kim gebracht – kein Glücksrausch war die Folge gewesen und auch keine nicht enden wollende Euphorie … Dafür war es mal wieder an der Zeit für Muffins! Mit Kokosraspeln und Ananasstückchen. Hmmm, lecker! Kim fuhr sich genießerisch mit der Zunge über die Lippen, aber Marie krümelte mehr mit ihrem Muffin herum, als dass sie ihn aß. Franzi konnte sowieso nichts essen, denn ihr Bauch war übervoll mit Schmetterlingen, sobald sie nur an Robin dachte. Und das tat sie seit zwei Tagen pausenlos. Nur aus Rücksicht auf Kims und Maries miese Laune erwähnte sie nicht allzu oft, wie sehr sie sich auf das Treffen mit ihm auf der Party heute Abend freute. Die beiden waren auf Jungs gerade nicht besonders gut zu sprechen. Jo hatte sich noch immer nicht bei Marie gemeldet, und Kim wurde zickig, sobald sie irgendwer auf Michi ansprach.

»Zurück zu den Vampiren«, sagte sie und dachte im Stillen natürlich bei diesem Satz sofort wieder an ihren Jungvampir.

»Zu welchem? Zu dem sportlichen, dunkelhaarigen mit den grünen Augen?«, fragte Marie, die offensichtlich Franzis Gedanken lesen konnte, und grinste. »Der Vampir, der sich Robin nennt und dank dem du seit zwei Tagen mit diesem abscheulich seligen Lächeln im Gesicht rumläufst?«

Franzi wurde wieder einmal rot.

»Nee, ich meine ausnahmsweise mal den Vampir, den Kim aufgetan hat und der so gerne Rinderblut nascht. So auch gestern. Deshalb hat Bauer Friese mich doch auch angerufen: Frische Bisswunden, aus denen selbst Stunden nach dem Biss noch Blut rann, damit hatte ich nicht gerechnet. Ich dachte, das Thema Vampire hätte sich erledigt.«

»Bist du wirklich gestern noch mal allein bei Bauer Friese gewesen und hast die Bisswunden fotografiert?«, fragte Marie schuldbewusst. »Ich wäre ja mitgekommen, aber ich hatte Gesangsunterricht. Warum warst du eigentlich nicht dabei, Kim?«

»Ich musste auf Ben und Lukas aufpassen. Und außerdem wohnt Franzi gleich um die Ecke. Für sie war es nur ein Katzensprung. Dafür habe ich mir noch vor der ersten Stunde von Franzi die Digitalkamera zurückgeben lassen, um meine Biolehrerin noch mal zu befragen.«

»Und, erzähl schon, was hat Frau Klotz zu den Bissen gesagt?«, drängelte Franzi.

»Sie meinte, von der Art der Wunde könnte es wirklich der Gemeine Vampir gewesen sein. Stellt euch das mal vor, der Gemeine Vampir hat das Rind einfach mit seinen Zähnen rasiert, ein kleines Stück Haut rausgebissen und sich dann wie bei einem Brunnen das Blut in die Kehle laufen lassen. Na ja, nicht ganz so … er hat mit der Zunge das warme Blut aufgeleckt.«

»Wie appetitlich, hoffentlich hat er sich nicht bekleckert«, sagte Marie augenzwinkernd und leckte sich theatralisch den Milchschaum von den Lippen.

»Ja, und weiter?«, fragte Franzi.

»Der Gemeine Vampir liebt als Einziger Rinderblut. Insekten können ihn irgendwie nicht aus seiner Höhle locken. Und das überführt ihn in diesem Fall als Täter! Unsere heimischen Fledermäuse stehen nämlich nicht auf Blut. Und die andere Vampirfledermausart, die Weißflügelvampire, fällt auch als Tatverdächtige weg. Die mag zwar Blut, aber nicht das von Rindern. Sowieso mögen sie keine behaarten Stellen am Körper ihrer Opfer. Sie haben keine große Lust, ihre Nahrungsquelle erst zu rasieren, bevor sie zubeißen.« Kim reckte stolz ihr Kinn. »Es muss der Gemeine Vampir gewesen sein! Verhaften, abführen und einsperren, bitte!«

»Das wäre also das nächste Problem«, stöhnte Franzi. »Wie? Und vor allem wo?«

»Genau das ist wirklich das Problem. Diese Fledermausart lebt normalerweise nicht in Deutschland, sondern in Süd- und Mittelamerika. Damit haben wir eine neue Frage in unserem Fall: Welche Fledermaus tarnt sich als Gemeiner Vampir, um für Verwirrung zu sorgen? Oder aber: Wie kommt eine amerikanische Fledermaus nach Deutschland? Mit dem Flugzeug? Hat sie ein Visum? Wie lange wird sie bleiben und wer bietet ihr Asyl?«

»Notieren!«, sagte Marie gespielt streng und wunderte sich, dass Kim nicht ihr zerfleddertes Heft zückte, in dem sie sonst alles aufschrieb, was auch nur im Ansatz mit einem Fall zu tun hatte.

»Ich habe mein Detektivtagebuch nicht dabei«, gestand Kim kleinlaut. »Der Stress mit Ben und Lukas lässt mich irgendwann auch noch mal meinen Kopf vergessen.«

»Na gut, dann merken wir uns das bis morgen. Für heute steht sowieso noch etwas ganz anderes auf dem Zettel!«, sagte Marie.

»Genau!«, stimmte Franzi ihr zu und rutschte unruhig auf dem Sofa hin und her. »Paaarty!«

»Yeah!«, rief Kim und sprang auf. »Rein in die Kostüme und feiern, bis die Sonne aufgeht!«

»Dürfen wir mit, dürfen wir mit?«, quengelten Ben und Lukas, als Franzi, Kim und Marie die Tasche mit den Kostümen hervorholten, um sich für die Party zurechtzumachen.

»Nee«, sagte Kim knapp und wollte den beiden Nervensägen kurzerhand die Tür vor der Nase zuschlagen. Aber Lukas stellte blitzschnell seinen Fuß dazwischen und plärrte: »Das ist so gemein! Wir haben extra die ganzen magischen Zaubersprüche auswendig gelernt, die wir auf die Umhänge geschrieben haben. Jetzt sind wir die stärksten Vampire auf dem Planeten!«

Marie war die Einzige, die sich das Aufsagen der sieben Sprüche antat. Kim war im Bad verschwunden und Franzi verzog sich in eine stinkende Wolke.

»Dieses Silberspray riecht grauenhaft!«, keuchte sie, als sie für einen Moment aufhörte, ihre roten Haare einzusprühen.

Sie schnappte kurz nach Luft und schon zischte es wieder lautstark aus der Metalldose.

»Hey, du willst doch keine Betonhaare haben«, fuhr Marie dazwischen. »Nimm nicht so viel!«

»Ab jetzt mit euch«, zischte sie Ben und Lukas zu. »Wir sind beschäftigt!« Schmollend verzogen sich die Zwillinge.

»Wow«, staunte Kim, als sie aus dem Bad kam. »Was hast du denn vor, Franzi?«

»Party?«

»Du siehst klasse aus!«, rief Marie begeistert.

Kim kam sich jetzt etwas einfallslos vor, als sie sah, in was für einen extravaganten Nachtalb Franzi sich verwandelt hatte. Unter den wirr vom Kopf abstehenden silbernen Haaren blitzten zwei spitze Ohren hervor, die ebenso exotisch wirkten wie die spitz zulaufenden kniehohen Stiefel von Franzi: »Ein Silberalb«, staunte sie. Und genau das war Franzi. Ein Nachtalb ganz in Silber. Sogar ihr Gesicht war silbern: die Lippen, die Wimpern, einfach alles! Über der Strumpfhose mit den silbernen Spinnweben trug sie nur ein langes, dünnes, glitzerndes Silbershirt, das in der Taille von einem Münzgürtel zusammengehalten wurde.

»Du brauchst dich aber auch nicht zu verstecken!«, sagte Marie. Auch wenn Kims Kostüm im ersten Moment ein wenig unscheinbar wirkte, ihr weiß geschminktes Gesicht mit dem seltsam nach oben gebogenen Mundwinkel hatte etwas Faszinierendes. »Ich wusste gar nicht, dass es grinsende Geister gibt. Warte, hier fehlt noch ein Strich.« Marie nahm Kim den Lippenstift aus der Hand und malte den Bogen um den Mund noch ein kleines Stück höher. »Jetzt ist es symmetrisch. Perfekt! Und das Spitzenkleid passt wie angegossen. Endlich traust du dich mal was. Immer nur diese Jeans … du solltest öfter Bein zeigen!«

»Und du vielleicht etwas weniger Dekolleté!« Jetzt war es Kim, die an Marie rumzupfte. »Ach, das wird nichts. Hast du irgendwo Nadel und Faden? So wie das Kleid jetzt anliegt, gibst du jedem einen sehr, sehr tiefen Einblick, wenn du dich auch nur einen halben Zentimeter nach vorne beugst.« Marie kramte in ihrer Schreibtischschublade, ignorierte den silbernen Plastikfisch schweren Herzens und konzentrierte sich dann darauf, dass sie die Luft anhielt, damit Kim ihr nicht sonst wohin pikste.

»Hey, du hast in Berlin beim Theaterfestival ja doch mehr gelernt, als Kostümen die Flecken auszuwaschen und Flicken aufzunähen!«, rief Marie begeistert, als sie sich vor dem Spiegel hin und her drehte. Kim hatte nicht nur dafür gesorgt, dass Marie nicht zu viel preisgab, sondern auch noch hier und da an Maries langem Kleid, das über einen Reifrock fiel, der die Ausmaße eines Sitzballes hatte, ein paar Taftrosen festgenäht.

»Kommst du mit dem Ding überhaupt noch durch den Türrahmen?«, fragte Franzi amüsiert.

»Sicher! Ich hoffe nur, dass die langen Puffärmel sich nicht wie Ballons aufpusten. Ich habe keine Lust, wie Mary Poppins durch die Gegend zu fliegen.«

Franzi reichte Marie die rosafarbenen Straußenfedern, die Kim ihr dann kunstvoll in die hochgesteckten Haare drapierte. Ein dreireihiges Perlencollier um Maries schlanken Hals vollendete das Bild.

»Marie, du siehst wirklich aus wie die Königin der Nacht! Wenn du mit dem Kostüm nicht den ersten Preis holst, dann muss die Jury blind sein.«

»Wenn Corinna in der Jury sitzt, hab ich keine Chance. Ich habe so etwas läuten gehört. Na ja, es geht ja nicht um den Wettbewerb, oder, Mädels? Wir wollen Spaß haben und feiern!«

Marie machte sich wirklich nichts aus dem Wettbewerb. Die bewundernden Blicke der anderen Jugendlichen reichten ihr aus, um sich wie eine Gewinnerin zu fühlen. Stolz wie ein Schwan schritt sie durch den Eingang. Kim rasselte dramatisch mit ihren Metallketten, was Maries Auftritt nur noch mehr Aufmerksamkeit zukommen ließ. Ein Werwolf fletschte die Zähne, einer Hexe rutschte der Besen aus den Händen und einem Jungen in einem Nacktschneckenkostüm tropfte der Schleim aus den Mundwinkeln. Das schrieb Kim aber eher seinem Kostüm zu als Maries keckem Wimpernaufschlag. Franzi huschte, wie es sich für einen echten Alb gehört, hinter den beiden her – leise und geschmeidig. Unauffällig sah sie sich auch gleich nach Robin um. War er die Nacktschnecke? Oder vielleicht steckte er unter dem Kostüm des Mondmannes, das eigentlich nur rund und weiß war. Außer einem Augenpaar und langen Beinen konnte Franzi nichts erkennen. Sie schaute noch mal genauer hin.

»Is was?«, brummelte der Mondmann unfreundlich.

»Nö, ich habe nur überlegt, wie du in dieses Kostüm hineingekommen bist«, antwortete Franzi. »Ich sehe keinen Reißverschluss.«

»Meine Schwester hat mich eingenäht«, sagte der Mondmann grimmig und ging.

Marie hatte sich mittlerweile an den Werwolf rangetraut und flirtete heftig mit ihm. Kim rasselte noch immer mit den Ketten und suchte nach Michi. »Du bist auch ein Gespenst«, rief sie erstaunt, als er ihr plötzlich von hinten auf die Schulter tippte und ihr sein lautes »Huibuhhh« in ihrem rechten Ohr sofort verriet, wer sie da anbuhte. »Mehr als ein weißes Bettlaken ist dir nicht eingefallen?« Kim war enttäuscht. Noch nicht mal sein Gesicht war geschminkt, stellte sie mit einem müden Lächeln fest, als sie sich umdrehte und ihn musterte.

»Marie, ich hole uns mal ein paar Cocktails. Passt du mal auf das bleiche Gespenst hier auf, bevor es davonfliegt. Marie?«

»Marie ist da rübergegangen. Sie hat den Werwolf einfach stehen lassen und sich wichtigeren Dingen zugewandt«, sagte Michi und deutete auf den langen Tisch, auf dem unzählige Knabbereien und Cocktails in den absurdesten Farben standen.

»Ah, Leckereien! Guuut! Franzi, kommst du mit rüber?«

»Klar! Wo ist Marie?«, fragte Franzi.

»Auch bei den Knabbersachen!«

»Ups, die stören wir jetzt besser nicht.« Kim drehte sich zu Michi und Franzi um und zischte leise: »Ich habe nichts gesehen. Gar nichts.«

»Das ist Leonard!« Franzi blieb der Mund offen stehen.

»Ich weiß«, raunte Kim. »Wenn Jo jetzt doch noch auftaucht, wird es lustig.«

Marie hatte Leonard bei einem ihrer letzten Fälle im *Rock Camp* kennengelernt. Kim wusste ja, dass er in der Stadt war, auch, dass er Marie vor ein paar Wochen im Jugendzentrum über den Weg gelaufen war. Aber nachdem Marie ihn im *Rock Camp* so mir nichts, dir nichts fallen gelassen hatte, war ihre Verwunderung jetzt groß. Der Aufenthalt im Camp hatte für Marie mit zarten Gefühlen für Leonard geendet, doch ein Teil von Maries Herz gehörte noch immer Jo. Auch wenn der es offensichtlich nicht wollte. Denn sonst wäre er ja jetzt hier und würde etwas dagegen unternehmen, dass Marie Leonard schöne Augen machte.

Marie war verunsichert, als Leonard, der als Sensenmann verkleidet vor ihr stand, die Kapuze abnahm und ihr tief in die Augen schaute. Flirtet er etwa mit mir? Was soll's! Jo hüllt sich seit einer Ewigkeit in Schweigen, keine Antwort ist auch eine Antwort, dachte Marie ein wenig beleidigt.

Und sollte sie deshalb etwa versauern und zur einsamsten Seele dieser Party werden? Marie war unschlüssig. Dann dachte sie: Versauern, ich? Im Leben nicht! Kokett neigte sie den Kopf leicht zur Seite und spielte mit ihrer Perlenkette. Leonard sprang sofort darauf an. Er konnte kaum den Blick von ihrem Hals lassen. »Ich hol uns schnell was zu trinken«, hauchte er und stahl sich aus der Situation. Mit zwei alkoholfreien Cocktails in den Händen kehrte er zurück und wollte den Flirt offensichtlich vertiefen.

Doch bei Marie hielt die kurzfristige Flirtlaune nicht lange an. Sie schlürfte ihren Cocktail und hörte Leonard gespielt aufmerksam zu, als er ihren Flirt im Camp und ihr letztes Treffen Revue passieren ließ. Was gar nicht so leicht war, denn die Musik wurde mit jeder Minute lauter. Auch das Stimmengewirr um sie herum nahm minütlich zu. Ihr Interesse an Leonard hingegen nahm sekündlich ab. Irgendwie fühlte sich das Ganze hier schal an. Marie beschloss, erst einmal solo zu bleiben. Sie hatte für dieses Jahr genügend Achterbahnfahrten in ihrem Gefühlsleben gehabt.

Sie ließ Leonard kurz darauf mit einer faulen Ausrede stehen und Jo verbannte sie in die hinterste Ecke ihres Herzens. Vielleicht kramte sie ihn da ja irgendwann mal wieder draus hervor. Sie war nicht sicher, ob sie sich das wünschte oder es befürchtete. Maries Gedanken sprangen munter durcheinander. Sicher wünschte sie jetzt gerade nur eines: ein eisernes Herz! Immun gegen Angriffe des anderen Geschlechts. Nicht für immer, aber vorläufig.

Zur Ablenkung stürzte sie sich ins Getümmel! »Amüsieren kann man sich auch ohne Flirt! Also los, Marie Grevenbroich, amüsiere dich!«, befahl sie sich selbst streng.

Sie suchte nach Franzi und Kim. In dem Gedränge auf der Tanzfläche konnte sie sie nicht erspähen. Nachdem ihr das fünfte Mal jemand gegen den ausladenden Rock gestoßen war und sie anpampte, ob es auch etwas dezenter gegangen wäre, merkte sie, dass sie sich überhaupt nicht amüsierte. Ganz im Gegenteil. Irgendwie war ihr die Partylaune vergangen. Als dann auch noch Corinna vor ihr stand und ihr zuraunte: »Dein Kleid ist eine Zumutung! Du brauchst viel zu viel Platz! Das gibt bestimmt Punkteabzug. Die Jury hat eben ganz schön angenervt zu dir rübergeschaut und sich Notizen gemacht«, trat Marie die Flucht an. Doch nicht, ohne vorher Corinnas Kostüm genauer zu betrachten. Ihr alberner Taftrock war viel zu kurz. Und das Rosa ihres Tops tat Marie in den Augen weh und biss sich ganz fürchterlich mit dem Purpurrot ihrer Ringelstrümpfe. Aber am grauenhaftesten fand Marie den albernen Feenstab mit dem glitzernden Stern, den Corinna bei jedem Wort vor Marie fast schon drohend hin und her schwenkte. Die bissige Bemerkung, die ihr auf der Zunge lag, runterzuschlucken gelang Marie beim besten Willen nicht. »Dass die Zahnfee nachts kommt, ist mir auch klar. Damit hast du zwar das Motto der Party getroffen, aber ist dir das Kostüm nicht doch zu kindisch? Du siehst aus wie eine Vierjährige!«, zischte sie. Das hatte gesessen! Zufrieden registrierte Marie, wie sie Corinnas Stolz für einen Moment ins Wanken gebracht hatte. Lässig raunte sie Corinna zu: »Man sieht sich!« Dann drehte sie sich weg und ging Franzi und Kim suchen, doch sie konnte sie zwischen all den Partygästen nicht erspähen. Selbst Michi war wie vom Erdboden verschluckt.

Marie brauchte dringend frische Luft! Egal wie kalt es da draußen war! Sie hoffte darauf, dass sich ihre Laune verbessern würde, wenn der kalte Wind ihre Gedanken ein bisschen wegwehen würde. Sie stolperte zum Ausgang. Auf dem Parkplatz vor dem Jugendzentrum sah sie ihre Freundinnen. Sie waren in ein Gespräch mit einem wirklich runden Kürbis vertieft. Kein Wunder, dachte Marie, als sie Kommissar Peters erkannte, der in dem Kostüm steckte. Kim konnte wohl niemals abschalten. Kommissar Peters war nicht nur Polizeibeamter, sondern mittlerweile auch ein guter Freund der drei !!!. Auch wenn er es nicht gerne sah, dass Franzi, Marie und Kim sich bei ihren Fällen immer wieder in Gefahr brachten, stand er den drei Detektivinnen stets mit Rat und Tat zur Seite. Marie hätte wetten können, dass Kim mit ihm über die erneuten Bisswunden von Bauer Frieses Rind sprach. Sie seufzte.

»Hier seid ihr also. Da kann ich ja lange im Jugendzentrum suchen.«

»Jetzt hast du uns gefunden. Hast du Robin irgendwo entdeckt?«, fragte Franzi und zupfte nervös an dem Münzgürtel um ihre Taille. Marie schüttelte den Kopf.

»Tolles Kostüm«, sagte sie schnell zu Kommissar Peters, der gerade im Begriff war zu gehen. Etwas Besseres fiel ihr nicht ein. »Wie passend, ein Nachtschattengewächs. Als Kürbis wollte Franzi sich auch zuerst verkleiden. Nicht wahr?« Marie stupste Franzi an, aber die murmelte nur: »Tja, aber dann wurde ich zum Silberalb«, und ließ ihren Blick weiter über den Parkplatz wandern, nachdem Kommissar Peters gegangen war. Die Lichterketten, die rund um den Platz an den Bäumen hingen, waren hell genug, sodass sie wirklich jeden Partygast, der kam, gut sehen konnte. Ein Vampir tauchte auf und schlenderte zum Eingang und eine Eule flatterte auf dem Weg ins Jugendzentrum unruhig mit den Flügeln. Nur Robin war nicht dabei. Noch immer nicht!

Plötzlich kreischte Marie los. Panisch fasste sie sich immer wieder an den Kopf und zerstörte in null Komma nichts ihre Frisur. »Helft mir doch mal, irgendetwas nistet sich grad auf meinem Kopf ein! Ahhhh!«

Missglückte Rettung

Marie wirbelte so hektisch durch die Luft, dass Federn flogen. Doch es war kein Vogel, der Maries Frisur als Landeplatz auserkoren hatte. Die Federn, die flogen, waren die Straußenfedern ihres Kopfputzes. Kim, die sich von Maries Gekreische nicht aus der Fassung bringen ließ, richtete den Blick weg von Marie hin zu dem Netz, das zum Auffangen des Herbstlaubes am Dach des Jugendzentrums unterhalb der Regenrinne befestigt war. »Pscht«, zischte sie. »Nun sei doch mal ruhig! Marie! Da ist nichts mehr auf deinem Kopf. Sie sind hier!«

»Wer ist wo?«, wollte Marie, die sich langsam wieder beruhigte, wissen.

»Wer sind sie?«, fragte Franzi und sah jetzt auch zu dem Netz hinauf. »Es sind Fledermäuse!«

»Ja, genau drei Stück. Sie haben sich in dem Netz verfangen. Aus Maries Haaren kamen sie wieder heraus, aber jetzt hängen sie fest.« Kim überlegte fieberhaft, was sie jetzt machen sollten. Denn was sie gleich erkannt hatte, war, dass es die gleichen Fledermäuse waren wie in dem Biobuch: Es waren Weißflügelvampire.

»Wir müssen sie fangen! Die haben hier gar nichts verloren. Die gehören nach Amerika«, sagte sie und sah Franzi bittend an.

»Was, ich? Nein danke!« Franzi schüttelte heftig den Kopf. »Mit diesen Schuhen klettere ich da nicht rauf.«

»Du bist die Sportlichste von uns. Zieh halt die Schuhe aus! Oder soll Marie etwa ihr Kleid ausziehen?« Kim befürchtete, dass der kleine Speckring um ihre Hüften sie in die Tiefe ziehen würde, wenn sie selbst versuchte, da hochzuklettern, um das Netz zu schnappen und die Fledermäuse von da oben runterzuholen. Also musste Franzi das übernehmen.

»Mach schon, bevor die armen Tiere noch völlig in Panik geraten. Maries hysterischer Anfall hat sie sicherlich total durcheinandergebracht. ’tschuldigung, Marie, aber dein Auftritt eben war echt bühnenreif.«

»Jahrelange Theaterproben machen sich eben bezahlt«, antwortete Marie trocken und sammelte ihre Federn wieder zusammen.

Seufzend zog Franzi dann doch ihre Schuhe aus und hangelte sich an der Regenrinne entlang in Richtung Netz. An einer Stelle war es eingerissen und Franzi brauchte nur einmal kräftig daran zu ziehen und es über die verängstigten

Tiere zu stülpen. Wie in einem Schmetterlingsnetz gefangen, flatterten kurz darauf die Fledermäuse unruhig mit den Flügeln. »Und jetzt?« Franzi atmete tief durch und hielt das Netz so weit wie möglich von ihrem Körper weg.

»Lass dich bloß nicht beißen, die Viecher können Tollwut übertragen!«, warnte Kim.

»Echt?« Fast hätte Franzi das Netz fallen gelassen. »Mist!«

»Wir bringen sie in den Keller, irgendwo steht dort, glaub ich, noch ein alter Käfig rum. Außerdem ist es da ruhiger. Und dann suchen wir Kommissar Peters. Der weiß bestimmt, was wir mit den Tieren machen sollen.« Kim nahm Franzi das Netz aus der Hand. Ganz wohl war ihr dabei jedoch nicht, denn dass Tollwut tödlich enden konnte, wusste sie. »Nur nicht beißen lassen, nur nicht beißen lassen«, murmelte sie auf dem Weg in den Keller. Und auch aufpassen, dass sie niemanden sonst beißen, schoss es Kim durch den Kopf, als sie sich an der Tanzfläche vorbeischob und dann immer wieder rief: »Heiß und fettig! Heiß und fettig!« Was zur Folge hatte, dass einige der Nachtgestalten ihr tatsächlich bereitwillig Platz machten. An der Tür, die zum Keller führte, bekam Marie ihren nächsten Motzanfall beim Versuch, Kim und Franzi zu folgen.

»Ach, Mist! Ich pass da nicht durch!«, rief sie

und versuchte, den Reifrock durch Zusammendrücken irgendwie schmaler zu machen. Vergebens.

»Ausziehen!«, rief Franzi ihr zu.

»Das Kleid?« Marie war entsetzt.

»Nein, nur den sperrigen Unterrock.«

»Dann schleift das Kleid über den Boden. Ich habe keine große Lust, den Kellerboden damit aufzuwischen. Ich warte hier auf euch und halte nach Kommissar Peters Ausschau.«

»Primadonna«, raunte Franzi ihr leicht genervt zu.

Der ausrangierte Käfig war schnell gefunden, etwas zu schnell. Er stand gleich neben dem Treppenabsatz, sodass Kim fast über ihn gestürzt wäre, noch ehe sie den Lichtschalter finden konnte. »Verflixt, wieso steht das Ding hier mitten im Weg?«, schimpfte sie.

»Jetzt lass nicht doch noch das Netz fallen.« Franzi stützte Kim am Ellenbogen. Kaum hatte Kim wieder Halt gefunden, sprang Franzi zurück. »Ich will nur nicht gebissen werden«, rechtfertigte sie ihren hastigen Hüpfer nach hinten.

Kim hob den Deckel vom Käfig an, legte das Netz samt Fledermäusen in den Käfig, schloss ihn schnell wieder und sah sich dann die Fledermäuse genauer an. Die beiden Weißflügelfledermäuse hatte sie ja bereits erkannt. Aber der Dritte im Bunde war eine andere Art. Ganz sicher der Gemeine Vampir! »Du bist also der gefürchtete Gemeine Vampir«, flüsterte sie in den Käfig und schimpfte das verängstigte Tier leise. So leise, dass Franzi fragte: »Was bist du jetzt? Eine Vampirflüsterin, die jeden Vampir der Welt handzahm bekommt?«

»Quatsch! Lassen wir die Kleinen jetzt eine Weile in Ruhe. Nicht dass sie noch einen Herzinfarkt bekommen.« Kim schob den Käfig näher an die Wand, damit niemand darüberfallen konnte. »Gehen wir Kommissar Peters suchen. Ich glaube nicht, dass Marie sich auch nur einen Zentimeter von der Tür wegbewegt hat. Irgendwie ist sie zurzeit nicht die brauchbarste Detektivin. Da habe ich sie schon mit mehr Elan gesehen«, sagte Franzi.

»Ich glaube, Marie hat Liebeskummer. Und die Sache mit Tessa und ihrem Vater macht ihr auch zu schaffen. Lass sie einfach. Sie fängt sich bestimmt wieder.« Kim zog Franzi mit sich nach oben, bevor sie noch mehr an Marie rummäkeln konnte.

Franzi hatte ein schlechtes Gewissen. Kim hatte sicherlich recht, Marie war wirklich in keiner leichten Situation.

»Hey, wir suchen jetzt gemeinsam nach Kommissar Peters«, sagte sie fröhlich und hakte sich bei Marie ein, die tatsächlich noch immer vor der Tür stand.

»Tolle Party, was?«, rief Marie gegen die Musik an, als sie den Kommissar auf der anderen Seite der Tanzfläche beim Getränkeausschank gefunden hatten.

»Ja, aber sehr voll!«, brüllte Kommissar Peters zurück. »Um mir von der Tanzfläche bis hierher einen Weg zu bahnen, habe ich fast zehn Minuten gebraucht!«

»Kein Wunder, bei dem Kostüm! Kürbisse gehören ins Glas, nicht auf eine Party.« Marie zwinkerte dem Kommissar zu. »Aber Ihnen steht ...«

»Wir brauchen Ihre Hilfe«, fuhr Kim dazwischen, bevor Marie ihn in ein längeres Gespräch verwickeln konnte.

»Ich bin zwar noch im Kürbis, aber nicht mehr im Dienst!«, witzelte der Kommissar lahm. »Meine Ablösung hier ist gerade gekommen. Ich muss jetzt nur noch mal kurz ins Präsidium, dann habe ich Feierabend!«

»Wir brauchen nur fünf Minuten, bitte«, flehte Kim.

»Kim, macht dein Kopf eigentlich jemals eine Pause? Du bist immer wachsam. Das ist auch gut so. Aber du solltest die Party genießen!«

Kim ließ nicht locker. Schließlich war es aber doch Marie, die Kommissar Peters sanft in Richtung Kellertür schob.

»Da unten ist es«, sagte Franzi und tat sehr geheimnisvoll, als sie die Kellertür öffnete.

»Was soll hier sein? Ihr habt mich doch nicht zum Keller gebracht, damit ich den Sperrmüll begutachte, der dort herumsteht, oder? Dafür bin ich nun wirklich nicht zuständig.«

»Da war eben noch … äh, also, die Vampire …«, stammelte Franzi, die schon unten war.

Kim war genauso verdutzt wie ihre Freundin. »Ich schwöre Ihnen, wir haben drei Vampire gefangen!«, rief sie von unten hoch.

»Soso …« Kommissar Peters lachte laut auf. »Vampire also … Tzetzetze … Ihr wollt mich wohl veräppeln, was?«, fragte er verschmitzt. Als Kim und Franzi die Kellertreppe wieder hochgekommen waren, fügte er hinzu: »Ein verspäteter Aprilscherz, ich verstehe. Zur Feier des Tages sozusagen. Einen alten Mann so zu ärgern. So nicht, meine Lieben. Das hat Folgen!« Drohend richtete Kommissar Peters den Strohhalm seines Getränks wie eine Waffe auf die drei !!!. »Hände hoch oder ich platze!«

»Das ist nicht lustig. Wir haben wirklich drei Vampirfledermäuse gefangen. In einem Käfig! Und der stand eben noch genau dort!« Kim wurde wütend und zeigte die Treppe hinunter.

»Du bist echt gut! Nimmst du neuerdings auch Schauspielunterricht, so wie Marie?«, fragte der Kommissar noch immer erheitert. Er nahm Kim einfach nicht ernst.

»Nun glauben Sie uns doch! Die Vampirfledermäuse sind gefährlich, sie können Tollwut übertragen«, flehte Franzi. Vergebens. Der Kommissar glaubte den Mädchen kein Wort.

»Für mich ist die Party jetzt sowieso zu Ende. Ich muss noch mal rüber ins Präsidium. Und aus diesem Kostüm muss ich auch so langsam raus, da drunter wird es nämlich richtig warm«, stöhnte der Kommissar und wischte sich eine Schweißperle von der Stirn. Dann ging er einfach.

Zurück blieben drei ratlose Detektivinnen.

Detektivtagebuch von Kim Jülich
Sonntag, 11:21 Uhr

Nachdem wir wirklich sicher waren, dass die Fledermäuse samt Käfig geklaut worden sein mussten – denn mit Käfig fliegt es sich nun mal schlecht –, war die Party für uns gelaufen. In null Komma nichts waren wir keine partyhungrigen Teenager mehr, sondern wieder die drei !!!.

Selbst die Preisverleihung konnte uns nicht von unseren weiteren Ermittlungen abbringen – und das, obwohl Marie den ersten Platz gemacht hat. Ich hätte nicht gedacht, dass sie das Detektivfieber doch noch so packen würde, dass sie nur blitzschnell den Preis entgegennahm, eine wirklich kurze Dank-

sagung ins Mikro hauchte, die Urkunde irgendwo ablegte und wieder voll bei der Sache war, noch ehe der Applaus verklungen war. Hut ab, Marie! Und das trotz Liebeskummer und Familiendrama. Ich bin stolz auf dich!

Auch Franzi gab alles. Vielleicht hoffte sie aber auch nur, bei der Befragung der Partygäste auf Robin zu treffen … Jetzt aber der Reihe nach: Also, die Fledermäuse waren aus dem Keller verschwunden, so viel stand fest. Und da Kommissar Peters längst die Party verlassen hatte und uns sowieso nicht glaubte, nahmen wir die Ermittlungen selbst in die Hand. Ich weiß nicht, wie oft ich die Frage stellte, ob jemand etwas Ungewöhnliches bemerkt hatte. Bestimmt tausendmal (na gut, ist vielleicht etwas übertrieben …)! Ebenso oft erntete ich ein verwundertes Kopfschütteln, dem stets die nicht lustige Gegenfrage folgte: »Hast du schon mal so viele verrückte Menschen an einem Abend gesehen? Das ist doch ungewöhnlich genug, oder??« Tja, wir kamen nicht wirklich weiter. Niemandem schien etwas aufgefallen zu sein, was uns hätte helfen können. Bis Franzi den Mondmann in die Mangel nahm …

Wir haben noch einen neuen Fall! Oder eine Erweiterung des ersten Falles? Denn irgendwie haben der Diebstahl der Fledermäuse und überhaupt das Auftauchen der amerikanischen Flugtiere etwas miteinander zu tun. Ganz bestimmt!

Ach so, was Franzi aus dem Mondmann heraus-

bekommen hat, war nicht viel, aber es reicht für eine erste Spur.

Der Mondmann hat nämlich einen Vampir gesehen, der hektisch das Jugendzentrum verließ und sich dabei immer wieder verräterisch umsah.

Frage Nummer eins: Leidet der Vampir unter Verfolgungswahn? Oder hat er etwas zu verbergen? Wir tippen auf Letzteres, denn laut dem Mondmann hatte der Vampir einen erstaunlich dicken Bauch, der sich unter seinem Umhang abzeichnete. Und Franzi schwört, dass der Vampir, den sie bei der Party auf dem Parkplatz des Jugendzentrums gesehen hat, keinen ungewöhnlichen Bauchumfang hatte.

Frage Nummer zwei: Hat der Vampir die Fledermäuse ins Land geschmuggelt?

Frage Nummer drei: Wenn ja, wieso?

Gleich am Montag nach der Schule werden wir alle Kostümverleiher in der Stadt abklappern und fragen, ob sie in den letzten Tagen ein Vampirkostüm verliehen haben. Marie, die den Vampir auch gesehen hat, meinte, dass es bestimmt ein Kostüm vom Verleih war. Es war so perfekt geschnitten und vom Stoff her bestimmt sündhaft teuer, dass es eigentlich viel zu edel für eine Party im Jugendzentrum war. Wenn dem tatsächlich so ist, bleibt noch die Frage nach dem Ausleiher.

Ab morgen habe ich zum Glück auch wieder ausreichend Zeit, um mich voll in den Fall zu stürzen. Meine Ma kommt am Dienstag aus dem Kranken-

haus und Paps hat sich ein paar Tage Urlaub genommen. Passt perfekt in meinen Zeitplan! Ich bin die Zwillinge wieder los! (Obwohl sie ja ausnahmsweise gar nicht so schlimm waren.)

Nur noch heute muss ich auf die beiden Quälgeister aufpassen, weil Paps in seiner Werkstatt ein paar Kuckucksuhren wieder zum Laufen bringen möchte. Und morgen kümmert er sich den ganzen Tag um Ben und Lukas. Dafür bekommt er von mir eine extragroße Tüte Gummibärchen. Die mag er nämlich genauso gerne wie ich.

Patzer beim Verhör

Nach der Schule trafen sich die drei Mädchen bei Marie. Kim war einfach nur froh, mal wieder ohne Ben und Lukas den Nachmittag zu verbringen, und bot bereitwillig an, alle Kostümverleihe anzurufen, die das Branchenbuch hergab. Marie begann, die Verleiher herauszuschreiben, die in der Innenstadt lagen. »Mit denen fangen wir an. Weiter aus der Stadt raus können wir immer noch ausdehnen. Und du, Franzi, solltest dir noch mal die Haare waschen. Du glitzerst immer noch! Ich habe ein ganz tolles neues Shampoo mit Kaffee-Extrakten und …«

»Marie, ein einfaches Haarwaschmittel tut es auch.« Franzi verdrehte die Augen.

»Sieht man ja, wohin das führt. Das Silberspray hat es zumindest nicht komplett rausbekommen.«

»Ich bin Detektivin, keine Beautyqueen.«

»Ja, leider!« Marie machte eine bedeutungsvolle Atempause. »War ein Scherz!« Sie zwinkerte Franzi lieb zu.

»Können wir jetzt endlich anfangen?«, drängelte Kim.

Als Franzi mit glitzerfreien Haaren aus dem Bad kam und ihre zwei abstehenden Zöpfe frisiert hatte, hatte Kim schon bei mindestens vier Verleihern angerufen. Bisher ohne Erfolg. Keiner hatte auch nur ein einziges Vampirkostüm verliehen. Zumindest nicht in den letzten Wochen. Bei den nächsten drei Kostümverleihen in der Innenstadt war besetzt. Kim wählte immer wieder die Nummern.

»Das sind Telefonjunkies! Lasst uns in die Stadt gehen, die klappern wir direkt ab.« Marie sprang auf und wand sich bereits den Schal um, als Kim murmelte: »Da draußen ist es viel zu kalt.«

»Stell dich tapfer der Kälte! Ich spendiere nachher auch einen *Kakao Spezial*! Und Muffins!«

Das Argument zog.

»Wegen Urlaub geschlossen«, las Franzi den Zettel im Schaufenster des ersten Kostümverleihs auf ihrer Liste vor.

»Vielleicht hätten die den Telefonhörer mal auflegen können, bevor sie den Laden dichtgemacht haben, dann wären wir nicht umsonst hierhergekommen. Grrr!«

Beim zweiten Verleiher kamen sich die drei schon beim Betreten des Ladens fehl am Platze vor. Es hingen nur edle Smokings, feine Roben und prunkvolle Ballkleider auf den Ständern im Showroom. Und der Verleiher, der noch nicht einmal das Telefon vom Ohr nahm, als Kim, Franzi und Marie unter dem leisen Bimmeln dreier Glocken das Geschäft betraten, verzog angewidert das Gesicht, als Marie nach Vampirkostümen fragte. Er schüttelte mit dem Kopf und wandte sich gleich wieder seinem Gesprächspartner zu. »Das war wohl nichts. Hoffen wir, dass der nächste Laden uns ein Stück weiterbringt. Wo liegt der?«, fragte Franzi.

»Oh, der ist nicht mal eben um die Ecke. Der befindet sich auf der anderen Seite der Innenstadt, wenn ich das richtig sehe«, sagte Marie und faltete den Stadtplan auseinander, den sie schlauerweise mitgenommen hatte. »Hm, wir müssen zum Stadtpark.«

»Können wir nicht den Bus bis zum Südtor nehmen? Ganz bis zum Stadtpark mag ich jetzt echt nicht mehr laufen«, jammerte Kim. »Mir tun schon die Füße weh.«

»Du bist wirklich nicht fit. Ab morgen gehst du wieder mit mir joggen!«, beschloss Marie.

»Vor der Schule? Im Dunkeln? Bei der Kälte? Nee! Ohne mich!«

Kim fand, dass es Marie durchaus zustand, sich auch im Winter mit Sport zu quälen. Aber sie selbst fand Joggen gerade nicht so angebracht. Im Frühling würde sie Marie gerne wieder begleiten, wenn die Sonne schien und man nicht riskieren musste, den Rest des Tages mit blau gefrorenen Lippen und eisgekühlten Händen herumzulaufen. Kim wusste zwar, dass sie etwas mehr für ihren Körper tun sollte, aber zur Folter sollte es nun ja nicht gerade ausarten, fand sie.

Fünf Stationen fuhren die drei !!! mit dem Bus. Als sie das Südtor des Stadtparks erreicht hatten, brauchten sie nicht lange nach dem Kostümverleih zu suchen. Er lag gleich hinter dem Universitätskrankenhaus in einer Seitenstraße.

»Bebelallee, hier sind wir richtig«, sagte Marie und sah auf ihren Notizzettel. »Nummer 17.«

Eine rundliche Frohnatur kam Marie, Franzi und Kim entgegengestürmt, kaum dass sie die Ladentür auch nur angefasst hatten. »Ihr seid meine Rettung! Den ganzen Tag schon klingelt das Telefon, aber Gesichter sehe ich hier so gut wie keine. Zumindest nicht heute«, trällerte sie drauflos. »Kein Wunder, bei dem Wetter sitzen die meisten Leute bestimmt zu Hause und kuscheln sich vor dem Fernseher ins Sofa. Ist es nicht schrecklich, erst diese eisige Kälte vor ein paar Tagen und jetzt …«

»Wir haben nur eine kurze Frage«, fiel Kim der Dame ins Wort. Die sah Kim irritiert an. Wahrscheinlich wagte sonst nie jemand, ihren Wortschwall zu stoppen, deutete Kim ihren Gesichtsausdruck. Schnell setzte sie ein Lächeln auf, um sie nicht zu sehr zu verärgern.

»Nun ja, dann schießt mal los. Womit kann ich euch helfen?«

»Wir sind Detektivinnen und wir ermitteln in einem Fall. Und Sie könnten uns tatsächlich weiterhelfen«, sagte Franzi gewichtig. Das zog.

»Ja, ich höre«, hauchte die Dame eifrig.

Die Frage, ob sie ein Vampirkostüm verliehen hatte, bejahte sie. Leider fügte sie noch hinzu: »Und nicht nur eins!«

Zwei hatte sie erst am vergangenen Freitag an zwei Jungen verliehen. »Einer kam gleich in den Morgenstunden, so gegen 10:00 Uhr. Ich wunderte mich, denn vom Alter her dachte ich, er müsste doch in der Schule sein. Na ja, das andere Kostüm verlieh ich am späten Nachmittag. So gegen 17:00 Uhr. Aber so genau wollt ihr das sicherlich nicht wissen. Ach, und eines der Kostüme war ein ganz besonderes! Sozusagen die Luxusausgabe. Feinste Seide und die perfektesten Nähte, die ihr euch vorstellen könnt«, schwärmte die Dame. »Und auch nicht sehr preisgünstig. Ich hoffe, der junge Mann bringt das Kostüm in tadellosem Zustand zurück.«

Kim schrieb alles mit. »Können Sie uns die Namen der beiden Jungen sagen?«, bat sie und spekulierte darauf, dass die ohnehin schon sehr redselige Dame es mit der Verschwiegenheit nicht so genau nahm. Kim hatte sich nicht getäuscht. Tatsächlich schaute die Dame in ihren Büchern nach.

»Hier sind die Namen. Da steht: 10:13 Uhr, Robin Davids … hm, oder hieß der Junge David Robins? Ich bin nicht mehr sicher. Na, wie auch immer. Eine Anschrift hat er nicht angegeben. Seinen Personalausweis hatte er auch nicht dabei. Aber er hat Pfandgeld dagelassen. Der bringt das Kostüm bestimmt zurück. Dann steht hier noch: 17:31 Uhr, Hannes Kummer, Nebelgasse 46, Telefon 017 … ach, die Nummer sollte ich besser nicht herausgeben. Es gibt ja so etwas wie Diskretion.«

Fällt ihr das auch schon auf?, dachte Kim verdutzt und blickte Franzi und Marie an. Die beiden waren nicht weniger perplex über die Geschwätzigkeit der Dame.

»Sie haben uns sehr geholfen«, flötete Marie zufrieden.

»Vielen Dank!«, murmelte Franzi und schien gar nicht glücklich zu sein.

»Was ist denn mit dir los?«, fragte Kim, nachdem sie den Laden verlassen hatten.

Franzi runzelte die Stirn. »Den Namen Robin gibt es sicherlich nicht so häufig. Und kann das Zufall sein? Ich lade Robin zur Motto-Party ein und am nächsten Tag leiht sich ein Robin Davids ein Vampirkostüm aus? Noch dazu am Vormittag. Wahrscheinlich hatte er an dem Tag wieder Spätschicht im Krankenhaus. Das ist kein Zufall! Allerdings möchte ich auch nicht glauben, dass *mein* Robin ein Dieb ist.«

»*Dein* Robin?« Marie zog die linke Augenbraue hoch. »*Dein* Robin hat dir noch nicht einmal einen Drink geholt oder dir auch nur Guten Tag gesagt.«

»Ich habe ihn nicht erkannt. Und er mich wohl auch nicht!«

»Vielleicht hat doch ein anderer Robin das Kostüm ausgeliehen. Oder wirklich ein David, der mit Nachnamen Robins heißt«, machte Kim ihr Hoffnung. »Trotzdem sollten wir *deinem* Robin mal einen Besuch abstatten.« Kim kicherte. So schnell wird ein armer Schülerpraktikant also in Besitz genommen. »Das Krankenhaus ist ja gleich um die Ecke. Meine Mutter wird sich zwar wundern, wenn wir sie schon wieder im Dreierpack besuchen. Aber so haben wir wenigstens einen Grund, uns im Krankenhaus rumzutreiben und *deinem* Robin ein paar Fragen zu stellen.« Jetzt musste auch Marie kichern. Franzi fand das gar nicht lustig und zog verschnupft ihre Zöpfe stramm.

»Eine Frage, es geht nur um eine einzige Frage – ob er mit Nachnamen Davids heißt!«, stoppte Franzi Kims offensichtlichen Befragungsdrang.

Bevor sie das Krankenhaus betraten, hielt Kim kurz inne. »Wie schaut's aus, Mädels? Glaubt ihr auch, dass wir etwas mentale Stärkung brauchen könnten? Jetzt!«

Marie nickte heftig.

Franzi stutzte. »Was?«

»Unser Powerspruch, Franzi! Auf dass wir den dreisten Dieb bald schnappen!«

»Klar, unser Powerspruch! Ich war ganz in Gedanken. Hey, ich könnte jetzt wirklich eine Extraportion Kraft vertragen. Gerne nehme ich Robin nicht in die Mangel. Und das auch noch, bevor wir uns richtig kennengelernt haben.« Franzi seufzte. »Rituale sind doch was Tolles! Und der Powerspruch hat uns schon so oft geholfen, mehr Mut aufzubringen, als wir für möglich gehalten hätten. Und den kann ich jetzt auch brauchen!«

Sie stellten sich gemeinsam im Kreis auf, atmeten tief ein und aus und legten die Hände übereinander. Dann riefen sie im Chor: »Die drei !!!.« Kim sagte: »Eins!«, Marie »Zwei!« und Franzi schrie so laut »Drei!«, dass Marie zusammenzuckte. Dann warfen sie die Arme in die Luft und riefen lautstark: »Power!!!«

Mit kraftvollen Schritten durchquerten sie den

Eingangsbereich und nahmen heute mal nicht den Fahrstuhl in den zweiten Stock, sondern stiefelten die Treppe hoch. Kims Mutter war wirklich etwas verwundert, als die drei in ihrem Zimmer auftauchten. Dass sie allerdings nicht nur gekommen waren, um sie zu besuchen, war ihr schnell klar. Sie schien zu spüren, dass Kim etwas beschäftigte, denn sie fragte: »Was ist der wahre Grund eures Besuches? Kim?«

Noch ehe Kim antworten konnte, ging die Zimmertür auf und Robin steckte seine Nase herein. »Oh, falsches Zimmer!«, sagte er hastig und schloss die Tür wieder.

»Ha-halt!«, rief Kim und stürzte zur Tür.

»Kim!«, rief Frau Jülich ihr hinterher. Zu spät.

»Was ist denn hier los? Steckt ihr wieder in irgendwelchen Ermittlungen oder hat Kim ein Auge auf den Schülerpraktikanten geworfen? Sie wird doch nicht etwa Michi untreu?« Auf Frau Jülichs Stirn bildete sich eine tiefe Falte der Missbilligung.

»Keine Sorge, mit Michi und Kim ist so weit alles in Ordnung«, versicherte Marie und stürmte Kim hinterher. Nur Franzi zögerte noch. Ihr war wirklich nicht wohl bei dem Gedanken, Robin auszuquetschen. Ich könnte ihm eine ganz harmlose Frage stellen, so harmlos, dass er gar nicht merkt, dass er verhört wird, schoss es Franzi plötzlich durch den Kopf. »Ich muss auch los!«, rief sie und war schon weg.

»Kim, Marie! Stopp! Halt! Wartet!«, schrie sie so laut über den Krankenhausflur, dass sie sich mehr als einen bitterbösen Blick einfing.

»Was denn?«, raunte Marie ihr zu. Robin, der neben Marie stand, war völlig irritiert von der Szene. Er trat ein paar Schritte zurück. Zum Glück hatte er ausnahmsweise mal kein Tablett in der Hand, das wäre bestimmt wieder kurz vorm Kippen gewesen, dachte Franzi erleichtert und ging wieder auf ihn zu. »Ah, Robin, schön, dich zu sehen«, sagte Franzi gespielt lässig, obwohl ihr innerlich das Herz flatterte. »Warum habe ich dich neulich nicht bei der Motto-Party gesehen? Ich hatte mich schon so auf ein gemeinsames Cocktailtrinken gefreut. War deine Verkleidung so gut, dass ich dich nicht erkannt habe, oder warst du vielleicht gar nicht da? Du warst bestimmt viel zu erschöpft vom Dienst hier, oder?«

»Geschickt«, zischte Kim Marie zu und verschränkte abwartend die Arme vor der Brust. »Sie stellt ihm eine Suggestivfrage. Sie manipuliert ihn. In ihrem Interesse!«

»Unsere Franzi, möchte einfach nicht glauben, dass Robin etwas mit dem Verschwinden der Fledermäuse zu tun haben könnte«, flüsterte Marie und wartete ebenfalls gespannt auf die Antwort von Robin.

»Ich bin auf dem Sofa eingeschlafen. Tut mir leid«, antwortete Robin. Im ersten Moment war Franzi erleichtert. Bevor Marie und Kim weitere Fragen stellen konnten, wurde Robin von einer Schwester gerufen. »Ich muss dann mal weitermachen«, stammelte er und war schnell aus dem Blickfeld der drei verschwunden.

»Er ist rot geworden!«, stellte Kim klar.

»Ja, ich weiß«, murmelte Franzi.

»Damit ist er höchst verdächtig! Wer nichts zu verbergen hat, wird auch nicht rot!« Kim legte den Arm um Franzi. »Gegen dieses klassische verräterische Indiz kommst auch du nicht mit irgendwelchen Gegenargumenten an. Selbst wenn du das eben sehr clever angestellt hast, nützt es nichts, wenn du ihm versuchst Brücken zu bauen. Das hilft uns nicht weiter, nur ihm – für den Moment. Wenn er der Dieb ist, wird ihn dieses Ausweichmanöver schwer belasten. Es ist eine Behinderung der Beweisführung.«

»Du redest wie ein echter Kriminalbeamter, nicht wie Kim. Du solltest nicht so viele Krimis lesen.« Franzi befreite sich aus Kims Umarmung.

Innerlich wusste Kim, dass Franzi recht hatte. Aber genau deshalb wusste sie ja auch, welche Fragen nicht zum Ziel führten. Eben weil sie so viele Krimis verschlang. Kim nahm sich fest vor, nachher im *Café Lomo* mit Franzi darüber noch einmal zu reden.

Auf falscher Fährte?

Novembernebel hatte sich über die Stadt gelegt. Doch auch der zusätzlich noch einsetzende leichte Nieselregen hielt Franzi, Kim und Marie jetzt nicht davon ab, ein Stück zu Fuß durch den Stadtpark zu gehen und erst am Hauptbahnhof für die letzten Meter den Bus zum *Café Lomo* zu nehmen. Frischer Wind tat ihnen nach der stickigen Luft im Krankenhaus gut. Und der wehte zur Genüge durch die kahlen Äste der alten Eichen. Hier und da fing er sich in den Nadelbäumen und ein leicht schauriges Flüstern hing über den drei Detektivinnen. Die Wege im Stadtpark waren gut genug beleuchtet, sodass sie sehen konnten, wer noch unterwegs war. Angst vor unheimlichen Gestalten, die wie aus dem Nichts plötzlich auftauchten, brauchten sie also nicht zu haben. Trotzdem sagte keiner der drei etwas. Kim schlug die frühe Dunkelheit aufs Gemüt. Auch Maries Elan von vorhin schien vom Winde verweht. Außer ihnen war kaum jemand unterwegs. Nur ein älterer Herr mit hochgeschlagenem Kragen kam ihnen entgegen und war offensichtlich ebenfalls vom Regen überrascht worden.

»Wir hätten einen Schirm mitnehmen sollen. Meine Frisur ist jetzt schon völlig ruiniert«, durchbrach Marie schließlich das Schweigen.

»Aha«, sagte Kim lahm.

Franzi blieb stumm.

Erst als sie im *Café Lomo* angekommen waren und die Kellnerin die Bestellung aufnahm, fand Franzi ihre Stimme wieder. Und damit das auch so blieb, eröffnete Kim das Gespräch mit vorwurfsvollen Worten.

»In Zukunft keine Suggestivfragen mehr, Franzi!«, sagte sie streng.

»Keine was?« Franzi verzog den Mund.

»Keine Fragen mehr, die eine mögliche Antwort schon vorwegnehmen.«

»Verstehe ich nicht!«

»Fragen, die der Befragte locker mit halben Wahrheiten beantworten kann. Du hast Robin nicht direkt gefragt, ob er auf der Party war. Du hast vorweggenommen, dass er möglicherweise gar nicht da war. Weil du nicht wolltest, dass er da war, damit er als Verdächtigter ausscheidet.«

»Hab ich das?«, fragte Franzi und war selbst verdutzt.

»Ja, hast du.« Kims Stimmlage wurde sanfter, als sie Franzis kleinlaute Gegenfrage beantwortete. »Und dann warst du auch noch mit seiner

Antwort zufrieden. Franzi, die Aussage ›Ich bin auf dem Sofa eingeschlafen‹ heißt gar nichts! Nur, dass er auf dem Sofa eingeschlafen ist. Wir wissen nicht wann, wir wissen nicht, auf welchem Sofa, und wir wissen auch nicht, wann er wieder aufgewacht ist. Robins Antwort war Wischiwaschi, nichts Handfestes. Nichts, womit sich eine Detektivin zufriedengeben darf!«

»Oh.« Franzi spielte verlegen mit ihren Zöpfen. »Ist mir gar nicht aufgefallen. Ich wollte halt nur nicht, dass du ihn in ein strenges Verhör ziehst«, murmelte sie zerknirscht.

»Das hast du ja auch erfolgreich verhindert! Und deshalb wirst du ihn nachher im Krankenhaus noch mal abfangen. Meine Mutter hat gesagt, dass Robin um 16:30 Uhr Feierabend hat. In einer Stunde also. Während Marie und ich diesem Hannes Kummer einen Besuch abstatten, fährst du noch einmal zurück zur Klinik. O.k.? Und das Mindeste, mit dem du bitte schön zurückkommst, ist sein Nachname. Den wird er dir doch auch ohne Verhör verraten, meinst du nicht?«

Franzi nickte. »Klar, schließlich möchte ich mich ja sowieso mal mit ihm treffen. Die Frage nach seinem Nachnamen ist ja auch völlig harmlos. Und wenn er nicht Davids mit Nachnamen heißt, kann ich ihn auch gleich zum Schlittschuhlaufen einladen.«

»Mutig!«, kommentierte Marie mit einem breiten Grinsen. »So will ich dich sehen, Franzi – tollkühn und ohne Rücksicht auf Blamage!«

»Hast du irgendwie zu viel von den drei Musketieren gelesen?« Franzi musste lachen. »Ihr redet seltsames Zeug manchmal – alle beide!«

»Auf die drei !!!.« Kim hob den Becher mit der heißen Schokolade.

»Auf einen weiteren gelösten Fall.« Marie prostete ihr zu.

»Auf einen schnell gelösten Fall!«, hoffte Franzi. »Bei dem Mistwetter habe ich nämlich keine Lust, jeden Tag nach der Schule kreuz und quer durch die Stadt zu eiern!«

So kuschelig warm es auch im *Lomo* war, die Ermittlungen mussten weitergehen. Gestärkt durch Muffins mit Lebkuchengeschmack und ihr Lieblingsgetränk, verließen Marie, Kim und Franzi kurze Zeit später das *Café Lomo.* Marie und Kim warteten noch, bis Franzis Bus kam, der sie zurück zum Krankenhaus bringen würde, dann suchten sie auf dem Stadtplan die Nebelgasse. Sie lag nur eine viertel Stunde zu Fuß vom *Café Lomo* entfernt, gleich beim Osttor des Schillerparks, der an die Fußgängerzone der Innenstadt grenzte.

Vor dem Haus mit der Nummer 46 angekommen, wurde Kim etwas nervös. »Was ist, wenn er auf unsere Nummer nicht hereinfällt?«

»Ach, dann improvisieren wir. Überlass das mir, ich kenne das von den Theaterproben – mir fällt bestimmt etwas ein. Lass aber bitte nicht zu sehr die Detektivin raushängen, damit schlägst du jeden in die Flucht. Warten wir erst einmal ab, ob Hannes uns überhaupt aufmacht.« Marie drückte die Klingel unter dem Namensschild *Familie Kummer*. Es schien eine Ewigkeit zu dauern, bis der Türöffner surrte. Forsch stiefelte Marie die Treppen hoch. Im ersten Stock angekommen, kam eine hagere Frau mit Schürze um die Hüften und Lockenwicklern auf dem Kopf auf Marie zu.

»Ja, bitte?«, fragte sie und wischte sich die nassen Hände an der Schürze ab.

»Wir möchten zu Hannes«, sagte Marie knapp, aber bestimmt.

Die Frau zögerte und machte zunächst keine Anstalten, die beiden hereinzubitten. Stattdessen musterte sie Marie eindringlich. Kim stieß Marie von hinten unauffällig an. »Sag was«, wisperte sie.

Wie aufgezogen sprudelte es plötzlich aus Marie heraus: »Wir haben Hannes auf der Party im Jugendzentrum kennengelernt. Dummerweise habe ich seine Telefonnummer irgendwie beim Tanzen verloren, sonst hätte ich ihn ja angerufen. Na ja, und jetzt sind wir hier.«

»Aha«, sagte Frau Kummer.

»Er freut sich bestimmt, uns zu sehen!«, sagte Kim betont lässig, auch wenn ihr Magen sich gerade leicht umdrehte. Was, wenn sie nie den Weg frei gibt, weil sie uns die Nummer nicht glaubt?, überlegte sie fieberhaft. Kim wünschte, sie hätten so getan, als seien sie von der Schülerzeitung und würden eine Meinungsumfrage unter Schülern machen. Das hätte bestimmt funktioniert. Aber dafür war es jetzt zu spät. Zu Kims Erstaunen sagte die eben noch so wortkarge Frau Kummer jetzt: »Na, zwei so hübsche Mädels will ich nicht im Treppenhaus stehen lassen. Kommt rein.« Sie wies Kim und Marie den Weg zu Hannes' Zimmer. »Da hat mein Junge wohl mal wieder erfolgreich seine Sunnyboynummer abgespult, was? Jaja, Charme hat er, mein Hannes ... wenn er ihn nur ab und an mal zügeln würde. Er bricht ein Mädchenherz nach dem anderen. Das ist nicht die feine Art!« Mit diesen Worten öffnete sie auch schon Hannes' Zimmertür und rief: »Besuch für dich!«

Marie trat als Erste ein. Schwungvoll warf sie ihr blondes Haar nach hinten und setzte ihr strahlendstes Lächeln auf.

Das zieht bestimmt, dachte Kim, als sie Hannes gesehen hatte. Er sah aus wie ein typischer Casanova. Lässig hing er in seinem schwarzen Lederclubsessel und sah Marie fasziniert an. Das sauber einstudierte Grinsen, das er aufsetzte, wirkte so unecht, dass es Kim eiskalt den Rücken herunterlief. Was für ein Blender, dachte sie unbeeindruckt und sah sich unauffällig im Zimmer um. An einem Wandhaken hing ein ordentlich in Folie eingewickeltes Vampirkostüm. Kims Bauch begann zu kribbeln, wie immer, wenn sie mitten in den Ermittlungen steckten und eine Spur sich als richtig erwies. Unauffällig suchte sie nach mehr Hinweisen. In der Ecke hinter dem Clubsessel stand eine Topfpflanze, die förmlich nach Wasser zu lechzen schien, und daneben stand ein kastenförmiges Etwas, über das unordentlich eine Decke geworfen war. Nur die Streifen, die sich unter der Decke abzeichneten, ließen die Vermutung zu, dass es sich um einen Kleintierkäfig handeln könnte. Kims Sinne waren augenblicklich hellwach!

Während Marie Hannes mit ihrem Charme um den Finger wickelte und ihm ein paar Fragen zur Party stellte, trat Kim mit der besorgten Frage »Wann hat die denn das letzte Mal Wasser gesehen?« näher an die Pflanze heran. Ein leichter Uringeruch zog ihr in die Nase. Sie schüttelte sich unmerklich. Außer dem vermuteten Käfig konnte sie nichts Verdächtiges erkennen. Keine Tierfutterspuren, keine Plastikfledermäuse und auch keine Bücher über die Haltung von Fledermäusen. Nichts, was einen Fledermausfan verraten würde. Das Zimmer wirkte fast schon steril. Ganz anders Hannes selbst. Der sah nicht nur so aus, als hätte er eine lange Nacht hinter sich, sondern auch so, als hätte er keine Ahnung, was man mit einem Kamm anstellen konnte, außer sich am Rücken zu kratzen. Kim scannte sein Äußeres ab. Für Personenbeschreibungen war schließlich sie zuständig. Ihr Detektivgehirn war bestens trainiert. Hannes war ungefähr siebzehn Jahre alt, hatte braune mittellange Haare, eine markante Nase, eine hohe Stirn und ein schmales Kinn. Vom Typ her war Hannes eher schlaksig als sportlich durchtrainiert. Dazu passte auch der erste Eindruck, den sie von seinem Wesen hatte. Ein gelangweilter Faulenzer, der nichts mit sich anzufangen wusste. Auf seinem Notebook, das er auf den Knien balancierte, flimmerte ein Computerspiel. Kim vermutete, dass er schon seit Stunden, wenn nicht sogar seit Tagen vor dem Ding hing und irgendwelche Fantasiegestalten durch ihr völlig fremde Universen hetzte. Die dunklen Schatten unter seinen Augen lagen verräterisch tief. Offensichtlich war er sich nicht bewusst, wie fertig er aussah, denn er benahm sich Marie gegenüber tatsächlich wie ein unschlagbar toller Superheld. Bereitwillig ging er auf Maries Fragen ein. Offensichtlich flirtete er immer mit so vielen Mädchen, dass er selbst keinen Durchblick mehr hatte, wen er wann angebaggert und wem er alles seine Telefonnummer zugesteckt hatte. Dass er Marie und Kim noch nie zuvor begegnet war, kam ihm nicht in den Sinn. Er redete und redete. So erfuhren sie schnell, dass er bei der Motto-Party als Vampir aufgetaucht war.

»Hey, Süße, hast du nicht den ersten Preis fürs beste Kostüm abgestaubt? Klar kann ich mich an dich erinnern, Zuckerschnecke. Komm her, ich zeig dir was«, sagte er in einem Ton, der auch bei Marie ganz offensichtlich Unwohlsein auslöste, und drehte das Notebook um. Seiner Aufforderung kam Marie nicht nach. Sie wich stattdessen augenblicklich ein Stück zurück.

»Babe, nun stell dich nicht so an, du willst doch was von mir, oder?« Hannes stutzte. Es hatte zwar etwas gedauert, aber jetzt war bei ihm wohl der Knoten geplatzt. »Ich beantworte hier eure blöden Fragen, aber die haben wohl nichts mit Interesse an mir zu tun, was? Verkohlen kann ich mich auch alleine. Was wollt ihr?« Die beleidigte Miene, die Hannes aufgesetzt hatte, erinnerte Kim an Ben und Lukas, wenn man ihnen ihren Lieblingsfußball wegnahm. Allerdings als sie fünf waren. Fehlt nur noch das abwehrende Armeverschränken, dachte Kim. Und da kam es auch schon. Jetzt sah Hannes wirklich aus wie ein Fünfjähriger. Und um sich mit einem Fünfjährigen anzulegen, brauchte es nicht sonderlich viel Mut. Kim blendete leichtsinnig aus, dass Hannes mindestens einen Kopf größer war als sie und sicherlich auch um einiges stärker. Sie ging auf ihn zu und sagte ihm auf den Kopf zu, was sie glaubte im Laufe der letzten zehn Minuten herausgefunden zu haben: »Du bist ein Dieb! Du hast die Vampirfledermäuse aus dem Jugendzentrum geklaut! Und hier ist der Beweis!«

Sie wollte gerade die Decke vom Käfig ziehen, als Hannes blitzschnell ihr Handgelenk packte und sie daran hinderte.

»Finger weg von meinem Zeug! Ihr habt sie doch nicht mehr alle! Verschwindet!« Hannes sprang auf und baute sich drohend vor Marie auf. Wütend funkelte er erst sie und dann Kim an, deren Handgelenk er noch immer fest umschlossen hatte. »Los jetzt, ab mit euch!« Er ließ Kim los und schubste Marie zur Tür.

»Als Dieb lass ich mich nicht beschimpfen! Und vor allem nicht von solchen dämlichen Hühnern wie euch!«, schimpfte er hinter Kim und Marie her, als sich die zwei schnell an Frau Kummer vorbeischoben, die neugierig im Flur stand. Bevor sie sich verkrümeln konnten, rief sie ihnen hinterher: »Außer Mädchenherzen klaut mein Hannes bestimmt nichts! Aber die nicht zu knapp, der kleine Herr Verbrecher!«

Bis auf den Bürgersteig konnten Marie und Kim hören, wie Frau Kummer ihrem Sohn eine

Standpauke hielt. Offensichtlich war es nicht das erste Mal Thema zwischen Frau Kummer und ihrem Sohn, dass er Mädchen anbrüllte und unfreundlich zu ihnen war.

Frau Kummer schrie: »In deine Nähe sollte sich besser kein Mädchen wagen, das noch bei Verstand ist. Du taugst einfach nichts! Hängst den ganzen Tag vor dem Computer und ballerst wie wild auf der Tastatur herum. Kein Wunder, dass du kein Benehmen mehr hast. Dabei warst du früher so ein lieber Junge!«

»Ach, lass mich doch in Ruhe!«, konterte Hannes. Dann knallte eine Tür zu. Frau Kummer keifte dennoch weiter: »Die beiden Mädchen waren so nett. Kannst du nicht einmal aufhören, mit Mädchenherzen zu jonglieren?«

Hannes schrie nur zurück: »Das geht dich gar nichts an!«

»Puh, auch wenn sie recht hat, als Mutter möchte ich die auch nicht haben!«, ächzte Kim und holte tief Luft.

»Scheint ja ein ganz schöner Schaumschläger zu sein, dieser Hannes.« Auch Marie musste erst einmal verschnaufen. »Und nun?«, fragte sie, als sie sich wieder berappelt hatte. »Sehe ich das richtig, hat er die Vampirfledermäuse geklaut? Oder ist Hannes doch nur ein ausgekochter Herzensdieb?«

»Nee, das siehst du schon richtig. Die gebrochenen Herzen gehen uns nichts an. Aber ich könnte schwören, dass in dem Käfig unsere kleinen Vampire sind. Wir müssen uns etwas überlegen, wie wir ihn überführen können, ohne da noch mal raufzumüssen.«

»Wir sollten Kommissar Peters rufen«, schlug Marie vor.

»Und was sollen wir ihm sagen? Dass wir glauben, dass … es aber nicht so genau wissen? Und es auch nicht beweisen können? Der hat uns doch schon auf der Party nicht ernst genommen.« Kim seufzte. »Ich schlage ein Treffen im Hauptquartier vor. Morgen um drei. Ich rufe Franzi später an, dann kann sie mir auch gleich erzählen, was sie über ihren Robin rausgefunden hat. Und dann besprechen wir morgen zu dritt, wie wir weiter ermitteln wollen.«

»Um drei kann ich nicht, da ist Theater-AG«, sagte Marie und schlug 16:00 Uhr vor.

»Abgemacht!«

Gut beobachtet, Franzi!

Detektivtagebuch von Kim Jülich
Dienstag, 19:37 Uhr

Ich bin total müde. Die Ermittlungen laufen gut, aber neben der Schule Detektivin zu sein ist verflixt anstrengend. Ich habe noch nicht mal für den Mathetest morgen geübt. Stöhn! Ächz., Franzi hat auch schon ein großes Panik-P auf der Stirn, weil Frau Klotz mit einem spontanen Bio-Test gedroht hat. Nur Marie scheint alles immer irgendwie unter einen Hut zu bekommen. Tanzunterricht, Gesangsstunden, Theater-AG und auch noch den Detektivclub. Sie kam gestern nur sieben Minuten zu spät ins Hauptquartier zur Lagebesprechung. Aber jetzt heißt es am Fall dranbleiben, denn Franzi hat Sensationelles berichtet. Robin steht ebenfalls unter akutem Tatverdacht! Arme Franzi, die hat sich bestimmt total mies gefühlt, als sie sah, was Robin aus der Tasche fiel, als sie ihn vorm Krankenhaus abgefangen hatte. So wie Franzi es erzählte, ist Robin ziemlich hibbelig geworden, als er sie vor dem Krankenhaus stehen sah. Er nuschelte ein »'tschuldigung, bin spät dran« und hetzte zum Bus. Dabei fielen ihm drei Röhrchen mit Blutproben aus der Jackentasche. Zum Glück sind die Dinger aus Plastik, wären sie aus Glas, wären sie bestimmt kaputtgegangen. Das hätte eine ganz schöne Schweinerei gegeben. Franzi dachte, sie sieht nicht richtig. Aber die Röhrchen kamen ihr natürlich gleich bekannt vor. Robin hob sie hastig auf und sprintete weiter. In letzter Sekunde sprang er in den Bus, der leider auch sofort die Türen schloss und abfuhr.

Franzi, die dank der milden Temperaturen wieder vom Fahrrad auf ihre geliebten Skates umgestiegen ist, jagte dem Bus hinterher. Sie muss völlig aus der Puste gewesen sein, als Robin schließlich an der Haltestelle vor dem Zoogeschäft ausstieg. Sie legte sich auf die Lauer. Es war wohl gar nicht so leicht, unauffällig zu beobachten, was Robin in dem Zoogeschäft zu suchen hatte, denn es gab nur eine kleine Reihe Buchsbaumkugeln vor dem Laden, hinter der sie sich verstecken konnte. Im Sommer ist das leichter, wenn alle Bäume grün sind.

Als Robin aus dem Geschäft gekommen war, ging Franzi nach drei Minuten rein und quetschte den Zoohändler aus. Der wusste auch nicht so recht, wozu Robin die Heizmatte brauchen könnte, die er gekauft hat. Vielleicht für ein Terrarium. Er sei nur die Aushilfe, sagte der Zoohändler und zuckte mit den Schultern. Jetzt kommt's! Franzi wollte gerade gehen, als drei ältere Jungendliche den Laden betraten. Sie stellten unzählige Fragen zum Flugverhalten von amerikanischen Fledermäusen. Und wo die Tiere sich wohl verstecken würden, wenn sie außerhalb ihrer gewohnten Umgebung wären. Die Jungen wirkten leicht panisch, weil der Zoohändler ihnen nicht wirklich weiterhelfen konnte. Franzi sperrte natürlich die Lauscher ganz weit auf. So erfuhr sie, dass der unwissende Zoohändler die Jungs zum alten Stollen schickte, denn Höhlen werden wohl von vielen Fledermausarten bevorzugt besiedelt. Vor allem im Winter, wenn sie sich ein Winterquartier suchen. Dass unsere kleinen Vampirfledermäuse aus einer warmen Region kommen, in der es keinen Winter und somit auch kein Winterquartier für Fledermäuse gibt, konnte er ja nicht wissen. Und die Jungs haben wohl auch nicht nachgedacht. Wie auch immer sie an die Fledermäuse gekommen sind – überlegt, was unser Winter für die Vampirfledermäuse bedeutet, haben sie offensichtlich nicht. Ob die hier überhaupt überleben können, ist fraglich. Was nicht fraglich ist, ist, dass die Jungs irgendetwas mit den Vampirfledermäusen zu tun haben. Warum sonst sollten sie den Zoohändler zum Flugverhalten amerikanischer Fledermäuse befragen?

Die Ermittlungen gehen weiter. Franzi bleibt an Robin dran. Sie hat ein Date mit ihm – auf der Eisbahn! »Fröhliches Schlittern!«, sag ich nur. Ganz nebenbei wird sie ihm ein paar Fragen stellen. Marie und ich treffen uns morgen gleich nach der Schule (zum Glück haben wir beide schon um eins Schluss) und werden den alten Stollen mal genauer unter die Lupe nehmen. Vielleicht sind die Fledermäuse ja wirklich dort. Wir müssen sie finden! Mit Tollwut ist nicht zu spaßen! Wir hätten vorhin sofort nach der Besprechung hingehen können, denn der Stollen ist nicht weit von Franzis Zuhause entfernt, aber dazu war es dann doch zu spät. In der Dunkelheit sieht man nie so viel wie bei Tageslicht – egal wie viele Taschenlampen man auch dabeihat. Es bleibt spannend!

Kim hatte gerade das Tagebuch geschlossen und den Computer runtergefahren, als es an der Haustür klingelte. Ben und Lukas stürmten neugierig hinunter und öffneten die Tür.

»Kim, es ist dein Liebling!«, rief Lukas nach oben.

»Liebespaar, küsst euch mal!«, krähte Ben und konnte es nicht lassen, laute Knutschgeräusche von sich zu geben.

Michi! Den wollte ich schon vor einer Stunde zurückrufen, dachte Kim und ihr schlechtes Gewissen überspülte augenblicklich ihre detektivischen Gedanken. Sie stürmte die Treppe herunter und fiel ihrem Freund um den Hals. Konnte man ein schlechtes Gewissen wegknutschen? Einen Versuch war es wert! Sie schlang ihre Arme um seinen Nacken und küsste ihn immer wieder.

»Holla«, sagte Michi lachend und küsste sie zärtlich zurück. »Womit habe ich diese stürmische Begrüßung verdient?«

»Tut mir leid, ich stecke mitten in einem neuen Fall, da bleibt nicht viel Zeit für …«

»Die Liebe«, vollendete Michi ihren Satz seufzend. Dann polterte er los: »Ich verstehe einfach nicht, wie du diesem blöden Club so viel Zeit widmen kannst! Wir haben schließlich eine Polizei in der Stadt, und die macht für gewöhnlich ihre Arbeit sehr gut. Das ist ihr Job! Nicht deiner!«

»Aber«, begann Kim und wollte Michi erzählen, wie wenig Kommissar Peters ihnen in *diesem* Fall glaubte. Doch dazu kam sie nicht, denn Michi unterbrach sie einfach.

»Ich will davon nichts hören. Interessiert es dich eigentlich gar nicht mehr, was ich mache? Ich habe mich in der letzten Woche zum Beispiel für eine Ausbildung zum CTA beworben. Du weißt wahrscheinlich noch nicht einmal, was das ist. Chemisch-technischer Assistent ist das! Oder möchtest du, dass ich für immer in der Eisdiele jobbe? Oder sonst irgendwelche Aushilfsjobs mache? Ich will mich weiterbilden, will etwas aus meinem Leben machen! Dir scheint das ja völlig egal zu sein! Aber mir ist das echt wichtig! Und Zeit hattest du in den letzten Wochen auch kaum für mich! Du fragst mich nie, wie ich die Zukunft sehe!«, rief er vorwurfsvoll.

Bei dem Wort *Zukunft* zuckte Kim zusammen. Ich bin dreizehn Jahre alt. Meine *Zukunft* ist irgendwo in der Ferne. Ich lebe jetzt, schoss es ihr durch den Kopf.

»Michi, ich liebe dich, aber …«

»Aber dein Detektivclub ist dir wichtiger!«, beendete Michi auch diesen Satz und verschränkte die Arme vor der Brust.

»Nein, das siehst du falsch. Ich … ach, vergiss es.« Kim war beleidigt und stand völlig unschlüssig vor Michi. Sie wusste nicht, was sie sagen sollte. Sie wusste ja noch nicht einmal, was sie überhaupt fühlte. Sie war völlig durcheinander.

»Egal. Ruf mich an, wenn du wieder normal bist. Und vielleicht interessiert es dich dann ja, wie mein Termin bei der Bank gelaufen ist! Ich werde mich nämlich über Möglichkeiten der Altersvorsorge informieren!«, fauchte Michi und ging, ohne eine Antwort abzuwarten.

Geheimes Tagebuch von Kim Jülich
Dienstag, 20:47 Uhr

Lesen für Unbefugte verboten! Ben und Lukas, ich beschalle euch mit Knutschgeräuschen lauter als ein Presslufthammer, wenn ihr dieses Tagebuch auch nur mit dem kleinen Finger be-

rührt! Finger weg, wenn ihr euer Gehör behalten wollt.

Er ist einfach gegangen. Einfach so! Hat sich umgedreht und ist gegangen. Michi hat mich stehen lassen, obwohl er gesehen hat, dass ich kurz vorm Weinen war. Jetzt weine ich! Alleine! Ohne Michi! Und warum weine ich? Weil er so eiskalt war, richtig abweisend. So kenne ich ihn gar nicht. Wo ist nur mein Michi hin? Der liebe, süße Michi, in den ich mich Hals über Kopf verliebt habe? Er versteht mich überhaupt nicht mehr. Und das Schlimmste ist, ich verstehe ihn auch nicht mehr. Zukunft! Altersvorsorge! Was denkt der sich? Dass ich jetzt schon meine ganze Zukunft plane? Ich bin dreizehn Jahre alt. Dreizehn!!! Nicht dreiundzwanzig … Himmel! Der Kerl tickt grad nicht ganz richtig. Und ich weiß echt nicht weiter. Bin einfach nur traurig … und enttäuscht!!!

Bevor Kim sich so richtig in ihre Traurigkeit hineinsteigern konnte, von der sie noch nicht mal wusste, woher sie wirklich kam, griff sie zum Telefon und wählte Maries Nummer. Wenn jemand ein Zaubermittel gegen Liebeskummer wusste, dann Marie, hoffte Kim. Die hatte sich schon so oft in den Falschen verliebt, dass sie ihr bestimmt einen Rat geben konnte, wie Herzschmerzen am besten und schnellsten vergingen. Doch Marie hatte gerade ganz andere Sorgen.

»Kim, Kim! Gut, dass du anrufst. Ich drehe gleich durch! Jetzt ist Tessa mit Sack und Pack hier eingezogen.«

Kim fiel fast das Telefon aus der Hand. »Bitte? Das ging ja schnell.«

»Schnell? Das ging mehr als schnell. So fix, wie die ihre Reisetaschen hier raufgeschleppt hat, reist noch nicht einmal das Licht. Einstein muss einen Rechenfehler gemacht haben!«

»Aber … ich verstehe das nicht. Hat dein Dad vorher gar nicht mit dir gesprochen?«, fragte Kim.

»Ach, er hat nur irgendetwas von Wasserrohrbruch bei Tessa gefaselt. Wegen der Kälte. Oder dem Tauwetter? Oder … wegen was auch immer. Auf jeden Fall ist Tessas Wohnung überflutet, und bis der Schaden behoben ist, wohnt sie bei uns.«

Kim tat Marie leid. »Das ist aber auch gemein! Dass Tessa überhaupt wie aus dem Nichts aufgetaucht ist und sich jetzt auch noch so dreist in euer Leben schummelt! Wasserrohrbruch – wer's glaubt! Und wie lange kann so etwas dauern?«, fragte Kim.

»Das kann sich ewig hinziehen!«, stöhnte Marie. »Bei Altbauten dauert immer alles ewig, hat mein Vater gesagt. Schöner Mist, jetzt sitzen mir Tessa und ihre Tochter Lina jeden Morgen schon beim Frühstück gegenüber. Jippie, ich freue mich schon auf das Patchwork-Familien-Frühstück am Sonntag.« Die Ironie in Maries Stimme war nicht zu überhören. »Zwei Bleichnasen ohne Humor und ohne Geschmack stürzen sich auf Körnerbrötchen und Quittengelee aus dem Bioladen. Toll!«

»Lina?«, hakte Kim nach.

»Ja, Lina. Die zwölfjährige Tochter von Tessa. Hat noch nie von unserer Lieblingsband, den *Boyzzzz,* gehört und weiß auch nicht, dass Quark und Gurken eben nicht nur aufs Brötchen gehören.«

Kim musste kichern. Sie stellte sich in Gedanken vor, wie Marie der armen Lina einen stundenlangen Vortrag über Schönheitspflege und *No-Gos* beim Styling gab.

»Das ist nicht lustig!«, beharrte Marie.

»Nö, nicht so richtig«, lenkte Kim ein. »Aber du wirst es überleben.«

»Und was wirst *du* nicht überleben? Du hast doch einen Grund, warum du so spät noch mal anrufst. Neue Beweise im Fall Vampirfledermäuse? Hat dich eine gebissen und jetzt schäumst du dank Tollwut über?«

Kim berichtete Marie, dass sie zwar wirklich am Überschäumen war, aber nicht wegen der Tollwut – wegen Michiwut traf es eher.

»Der Doofkopf!«, war Maries knapper Kommentar, nachdem Kim sich ihren Kummer von der Seele geredet und ausgeweint hatte. Viel mehr fiel ihr wirklich nicht ein. »Ich verstehe die Jungs nicht, Kim. Irgendwie scheinen deren Gehirne anders zu funktionieren als unsere. Versuch gar nicht erst dahinterzukommen, warum ein Junge dieses oder jenes macht. Sie sind halt einfach nur bescheuert!«, waren Maries abschließende Sätze.

Seufzend legte Kim auf. Vielleicht hat Marie recht, sagte sie sich selbst. Ich grübele einfach nicht mehr drüber nach.

Unzufrieden verzog Kim sich ins Bad. Ihr Vorsatz hielt nicht lange. Sie putzte mindestens dreizehn Minuten lang ihre Zähne. Und als sie sich ins Bett kuschelte, glühte nicht nur ihr Hirn vom vielen Denken, sondern auch ihr Zahnfleisch nahm ihr die Putzattacke übel. Blöder Abend!

Alarm im Stollen

Kim kam mächtig ins Schnaufen, als sie am nächsten Tag hinauf zu dem alten Stollen fuhren. »Zu Weihnachten wünsche ich mir ein echtes Trekkingrad. Da stimmt wenigstens die Übersetzung. Diese Krücke hat so eine schlechte Übersetzung, damit würde selbst ein *Tour de France*-Gewinner diese Hügel nicht schaffen«, rechtfertigte Kim ihren offensichtlichen Trainingsmangel. Sie stieg vom Rad und schnappte so hektisch nach Luft, als wäre sie soeben selbst ein Radrennen gefahren.

»Du schwächelst«, stellte Marie trocken fest und schob ebenfalls ihr Rad. »Wir sollten die Räder gleich hier unten lassen. Wer weiß, wie steil es den Hügel noch raufgeht.«

Kim und Marie schlossen ihre Räder an dem nächsten Baum fest und stiegen die letzten Meter zum Eingang des Stollens hinauf. Das rostige Eisentor, welches den Eingang ohnehin nur bedingt versperrt hätte, da es sehr niedrig war, war aus den Angeln gebrochen und lehnte an der mit Moos bewachsenen Stollenwand. Vor dem

Stollen standen zwei alte Loren, die früher einmal Eisenerz aus den Tiefen der Schächte ans Tageslicht befördert hatten. Zwischen den längst stillgelegten Gleisen, auf denen einst die Grubenbahn entlanggerumpelt war, entdeckte Kim Abdrücke von Schuhsohlen. »Wozu Matschwetter doch gut ist! Sieh mal, Marie, der Lehmboden ist zwar jetzt fast trocken, aber durch den Nieselregen gestern war er weich genug, um das hier für uns zu sichern. Jemand war hier!«

»Ja, Kim, toll! Wir sind nicht die einzigen Menschen auf diesem Planeten, und das ist der Beweis!«, zog Marie Kim amüsiert auf und hielt trotz Tageslicht den Lichtstrahl der Taschenlampe auf die Abdrücke.

»Nun sei doch mal ernst! Jede Spur im Auge behalten, das ist das A und O einer guten Detektivin.«

»Stimmt! Guck mal, dahinten ist ein Blatt vom Baum geweht. Gerade eben!« Marie zwinkerte Kim lachend zu.

Das Lachen verging Marie keine drei Minuten später. Sie stand gerade mit Kim im hinteren Teil des Stollens, als sie plötzlich Stimmen hörten, die vom Stolleneingang zu kommen schienen. Schnell schaltete Marie die Taschenlampe aus und drückte sich gegen die kalte Stollenwand. »Pscht«, zischte sie Kim zu, die nun ebenfalls mit dem Rücken an der Wand stand und sich an der Absperrung, die den Weg in die Tiefe sicherte, festhielt.

»Hoffentlich kommen wir nicht wieder umsonst! Kommt zu mir, ihr kleinen Blutsauger!«, hallte es durch den Stollen.

»Wenn der Zoohändler uns keinen Mist erzählt hat, müssten sie hier irgendwann auftauchen!«, rief ihm eine dunkle Stimme entgegen, die offensichtlich den Stimmbruch schon hinter sich hatte. »Ich habe keine Lust, noch einen Abend in dieser Saukälte hier den Biestern aufzulauern. Sollen sie doch auf ewig da draußen herumflattern!« Die Stimmen kamen immer näher.

»Und wenn die Presse recht hat? Ich wusste nicht, dass unsere Blutsauger Tollwut übertragen. Du etwa?«

»Pscht«, zischte die dunkle Stimme. »Wir sind hier nicht alleine. Verdammter Mist, irgendwer spioniert uns hinterher. Ich fühle das. Und ich rieche Parfum!«

»Verflixt, Marie!«, fauchte Kim leise. Dass sie sich aber auch immer reichlich mit dem Zeug einnebeln musste! Das kostete sie noch mal Kopf und Kragen. Kim grummelte. Sie waren weit genug von den Stimmen entfernt, sodass Kim darauf hoffen konnte, dass das Gewölbe ihre eigenen Stimmen schlucken würde, wenn sie nur leise genug flüsterten. Ihr Herz klopfte bis zum Hals. Angst kroch in ihren Bauch. Zum Mittagsspaziergang sind diese Kerle bestimmt nicht hier, wusste Kim. »Sobald die Typen weiter an uns vorbei sind, huschen wir raus. So dunkel, wie es hier ist, sehen die uns mit ein bisschen Glück nicht, oder erst, wenn wir den Ausgang schon erreicht haben. Und dann rennen wir! Hoffen wir mal, dass wir uns den Kopf nicht stoßen!«

»Hoffen wir besser, dass *die* keine Taschenlampen haben«, flüsterte Marie zurück und lauschte auf die Schritte der Typen.

»Sie kommen näher. Bei drei sind wir weg!«

Auch Maries Herz klopfte jetzt schneller. Sie konnte bereits die Bierfahne riechen, die den beiden Typen vorauseilte und sich im Stollen breitmachte. Leider sah sie in der nächsten Sekunde auch schon den Schein einer Taschenlampe. Nichts wie weg. Sofort!

»Eins – zwei – los!«, zischte Marie dann im Flüstermodus.

So leise es ging, eilten sie in Richtung Ausgang. Umsonst. Die Jungs hatten bessere Ohren als gedacht.

»Halt! Was ist hier los? Was habt ihr hier zu suchen?«, fragte einer der Kerle und hielt den Lichtkegel seiner Taschenlampe in Richtung Kim und Marie. Schon stürmte er hinter den beiden her.

»Lauf!«, kreischte Marie und trieb damit nicht nur Kim an, sondern auch sich selbst. Einer der Typen war Kim dichter auf den Fersen, als es ihr lieb war. Marie hatte bereits den Ausgang erreicht, aber Kim war etwas zu langsam. Der Junge erwischte sie, packte sie unsanft am Oberarm und stoppte damit schlagartig ihren Fluchtversuch. Kim taumelte. »Marie, lauf schneller, hol Hilfe!«, rief sie ihrer Freundin zu. Doch auch dazu war es jetzt zu spät. Der andere hatte sie bereits eingeholt und ebenfalls fest im Griff.

»Wir machen nur einen Ausflug und haben uns verlaufen«, versuchte Marie irgendwie aus der Nummer herauszukommen.

»Ach, und deshalb schleicht ihr euch aus der Höhle wie Diebe, was? Ein Ausflug! Pah! Ihr habt hier rumspioniert!«, rief der Junge, der Kim noch immer festhielt. Je mehr sie zappelte, desto fester bohrten sich seine Finger in ihren Oberarm.

»Du tust mir weh!«, fauchte Kim.

»Und du tust mir leid!«, spottete der Kerl und grinste schmierig. Mit einer ruckartigen Bewegung hatte er auch schon Kims zweiten Arm gepackt und drehte ihr jetzt beide auf den Rücken.

»Los, zurück in den Stollen mit euch. Wir überlegen uns gleich, wie wir so unartigen Mädchen wie euch die Neugier austreiben!« Sein höhnisches Lachen jagte Kim eine Gänsehaut über den Rücken. Und sein nach Alkohol stinkender Atem, den er ihr direkt in die Nase pustete, löste in ihr Übelkeit aus. Kim würgte.

»Keine Zicken, Mädchen!«, blaffte er und stieß Kim mit dem Knie in den Rücken. »Los jetzt, beweg dich!«

Plötzlich klingelte Maries Handy. Unschlüssig, was sie jetzt tun sollte, starrte sie erst Kim und dann die Typen neben ihnen an. »Das ist unsere Mutter, das höre ich am Klingelton. Wenn Marie nicht rangeht, macht sie sich Sorgen«, log Kim mit zitternder Stimme.

»Dann mach schon! Aber keine Zicken, hörst du! Sonst machen wir aus deiner niedlichen Schwester hier Hackfleisch!« Der grobe Kerl gab Maries Arm frei, behielt sie aber mit stechendem Blick im Auge.

Marie holte tief Luft. Dann zog sie ihr Handy mit zitternden Fingern aus der Tasche und starrte auf das Display. »Es ist tatsächlich unsere Mum«, log sie geistesgegenwärtig.

»Hi, Mum, was gibt es?«, flötete sie in ihr Handy. »Das ist ja toll! Wenn du sowieso noch in die Stadt zum Einkaufen gehst, bringst du mir bitte noch Notenhefte und Ordner für die Schule mit?«, bat Marie.

»Und Weihnachtsgebäck!«, rief Kim übertrieben laut aus dem Hintergrund.

»Ja, ja, Weihnachtsgebäck. Mein Schwesterlein kann mal wieder nicht die Adventszeit abwarten.« Bei dem letzten Satz rutschte Maries Stimme verdächtig in die Höhe. Kim hörte die aufsteigenden Tränen, die Maries Stimmbänder bereits in Beschlag genommen hatten. »Ich muss Schluss machen«, sagte Marie schnell und legte auf.

»Ausschalten!«, befahl der Typ neben ihr und packte Marie unsanft an den Schultern.

»Was geht denn hier ab? Wer sind die zwei? Wissen sie was?«, fragte ein noch finstererer Typ, der in diesem Moment wie aus dem Nichts im Stollen auftauchte.

»Hey, Tom! Du kommst gerade richtig! Stell mal den Käfig ab und reiß die Decke da in Streifen, dann können wir die Zicken hier fesseln und knebeln. Keine Ahnung, was wir mit ihnen machen sollen, aber freilassen sollten wir sie in keinem Fall! Die hetzen uns sonst noch die Presse auf den Hals. Oder noch schlimmer: die Bullen!«

Da spricht das schlechte Gewissen, erkannte Kim und staunte nicht schlecht, als sie sah, was in dem Käfig unter der Decke war. Eine Fledermaus!

Ich könnte schwören, dass es eine Vampirfledermaus ist, dachte sie und suchte Blickkontakt mit Marie. Die hatte es auch bemerkt. Ratlos blickte sie Kim an. Aber warum war es nur *eine* Fledermaus? Wo waren die anderen zwei? Beim genaueren Betrachten stellte Kim fest, dass es auch gar nicht der Käfig war, in dem sie die Fledermäuse im Jugendzentrum in Sicherheit gebracht hatten. Was ging hier vor?

Sie wurden gefesselt und tatsächlich geknebelt, das ging hier vor. Kim würgte, als der Typ ihr einen zusammengerollten Fetzen der Decke in den Mund stopfte. Mit weit aufgerissenen Augen versuchte Kim mit der Zunge den Knebel aus dem Mund zu drücken. Vergeblich. Sie wand sich unter dem groben Griff des Jungen, der ihren Kopf festhielt.

»Hey, was habe ich gesagt? Keine Zicken!« Ein erneuter Stoß in die Rippen war alles, was sie als Reaktion erhielt. Der Knebel blieb, wo er war. Marie erging es nicht besser. Auch sie kam gegen den Knebel nicht an und würgte.

Als sie sich im Stollen gegenüberkauerten, waren nicht nur die Hände gefesselt, sondern auch ihre Füße. Sie waren den drei Typen hilflos ausgeliefert. Marie wimmerte leise.

Franzi sauste auf ihren Skates quer durch die Innenstadt zum Polizeipräsidium. Dieses Mal wollte sie sich nicht wieder von Kommissar Peters abwimmeln lassen. Telefonanruf fiel also flach. Sie wich geschickt den Passanten aus, die auf den Fahrradwegen gingen. Und auch die modrigen Laubhaufen, die ebenfalls die Fahrradspuren blockierten, konnten sie nicht stoppen. Wäre ja noch schöner gewesen, dass ein Laubhaufen sie hätte aufhalten können, wenn es schon Robins bittender Blick nicht konnte. Den hatte sie nämlich mir nichts, dir nichts vor der Schlittschuhbahn stehen lassen. Eigentlich wollte sie Marie nur kurz übers Handy fragen, ob sie und Kim nachher auch zum Eislaufen kommen würden. Doch nachdem Marie die Bestellung der Schulsachen aufgegeben hatte, schrillten in Franzi sämtliche Alarmglocken. Kim und Marie waren in Gefahr!

»Was für Weihnachtsgebäck magst du am liebsten?«, hatte sie Robin schnell gefragt, weil sie selbst nicht sofort drauf kam, warum sie welches mitbringen sollte. Für andere Fragen hatte sie wirklich nicht mehr den Kopf gehabt. Die Codes »Notenhefte« und »Ordner« zu entschlüsseln war leicht. Daran erinnerte sie sich – Marie und Kim waren im Nordosten der Stadt … Aber wo genau? Was wollten die zwei heute machen? Ermitteln, schoss es Franzi durch den Kopf. Aber wo? Waren sie bei Hannes? Franzi wünschte, sie hätte besser hingehört. Aber irgendwie drehten sich ihre Gedanken die letzten Tage fast nur um Robin. Sie mochte ihn, und der Gedanke, dass er ein Dieb sein könnte, gefiel ihr gar nicht. Und jetzt hatte er ihr auch noch geholfen. Er war es, der ihr genau sagen konnte, wo sich Kim und Marie befanden. Auf ihre Frage nach seinen liebsten Weihnachtsnaschereien antwortete er prompt: »Dresdner Stollen und Zimtsterne.« Das war Franzis Rettung. Auf zum alten Stollen! Aber nicht ohne Kommissar Peters!

Vor dem Polizeipräsidium bremste Franzi scharf ab, tauschte die Skates gegen ihre Turnschuhe und flitzte zum Büro von Kommissar Peters. Ohne anzuklopfen, stürmte sie hinein, presste ein gehetztes »Keine Zeit, keine Zeit« heraus und berichtete dann im Telegrammstil, an welchem Fall die drei !!! gerade arbeiteten, wie der Stand der Ermittlungen war und warum sie jetzt überhaupt hier war. »Kim und Marie sind in Not! Ganz sicher!«, rief sie und drängte dann zum Aufbruch. Kommissar Peters war sehr aufgebracht. Er hielt ihr auf dem Weg zum Einsatzwagen einen Vortrag darüber, wie leichtsinnig sie sich immer wieder in Gefahr brachten. »Erkennungssatz hin, Erkennungssatz her … Der nutzt euch nur bedingt etwas. Vor Übergriffen Dritter wird euch das nicht schützen! Hast du mich verstanden, Franzi?«

Franzi nickte. »Können wir jetzt bitte zum Stollen fahren, bevor es zu spät ist?«, bat sie eindringlich.

Zusammen mit seinem Kollegen Polizeimeister Conrad stieg Kommissar Peters vorne in den Wagen ein. Franzi nahm auf der Rückbank Platz. »Anschnallen!«, erinnerte sie der Kommissar.

Franzi rutschte hibbelig auf der Rückbank hin und her, so weit der Sicherheitsgurt es zuließ. Endlich erreichten sie den Hügel, in dem sich das alte Bergwerk befand.

»Du bleibst im Wagen!«, befahl ihr Kommissar Peters.

»Das hier kann unter Umständen gefährlich werden. Polizeiarbeit ist kein Kinderspiel«, mahnte Polizeimeister Conrad und stieg aus. Mit gezückten Pistolen schritten die beiden auf den Stollen zu.

»Ich glaube, er hat die Tür nicht richtig verriegelt«, wisperte Franzi hoffnungsfroh. Umständlich krabbelte sie vom Rücksitz nach vorne und testete die Türen. Hätten die beiden Polizisten die Kindersicherung auch bei den vorderen Türen betätigt, hätte Franzi keine andere Wahl gehabt, als tatenlos auf der Rückbank sitzen zu bleiben und zu versauern. Aber so nutzte Franzi die Gelegenheit! Sie öffnete die Beifahrertür, stieg geduckt aus dem Wagen und schlich ebenfalls in Richtung Stollen. Aus sicherer Entfernung konnte sie sehen, wie Kommissar Peters im Stolleneingang verschwand, dicht gefolgt von seinem Kollegen. Franzi sprintete los. Oben angekommen, versteckte sie sich hinter einer der Loren und lauschte. Kommissar Peters redete in barschem Ton, während Polizeimeister Konrad beruhigend auf irgendjemanden einsprach. Dazwischen waren immer wieder die Stimmen von Jugendlichen zu hören. In diesem Durcheinander konnte Franzi kaum zusammenhängende Sätze verstehen. Plötzlich änderte sich der Tonfall eines der Jungen. Auch Kommissar Peters wurde jetzt laut. Franzi hörte einen spitzen Schrei. »Marie! Das ist Marie!« Deren ängstlich schriller Aufschrei ging Franzi durch Mark und Bein.

Kommissar Peters rief: »Stehen bleiben, Hände hoch!«

Ohne weiter nachzudenken, sich der Gefahr aber bewusst, sprang Franzi hinter der Lore hervor und stürmte los. Ein abrupter Aufprall beendete ihren kurzen Sprint. Sie war mit einem Jungen zusammengestoßen, der aus dem Stollen geflüchtet war. Auch sein Spurt endete somit für ihn überraschend. Anders als Franzi rappelte er sich nicht so schnell wieder auf. Er war unglücklich mit dem Kopf gegen die Lore geknallt und taumelte noch, als Kommissar Peters mit gezogener Waffe Sekunden später vor ihm stand.

»Das war's, junger Mann. Du bist verhaftet. Zunächst einmal wegen Widerstands gegen die Staatsgewalt! Dann kommt noch Kidnapping hinzu. Junge, Junge, das ist nicht wie mal eben Kaugummi klauen. Auch eine Anklage wegen nicht artgerechter Tierhaltung ist nicht ausgeschlossen! Warum habt ihr überhaupt die Vampirfledermäuse freigelassen? Wisst ihr nicht, dass die Tollwut übertragen können?«, fragte Kommissar Peters auf dem Weg zum Auto.

»Die sind uns einfach nur entwischt. Das habe ich Ihnen doch schon alles im Stollen erzählt«, antwortete der Typ kleinlaut und tastete mit den Fingern seine Stirn ab. Erschrocken starrte er auf das Blut, welches ihm nun an den Fingern klebte. »Ich blute!«, sagte er entsetzt und taumelte. Kommissar Peters stützte ihn, bis sie am Wagen angelangt waren.

»Um deine Kopfwunde kümmert sich jemand auf dem Revier«, sagte Kommissar Peters und deckte die blutende Wunde notdürftig mit Verbandmaterial aus dem Erste-Hilfe-Kasten ab.

»Wir wollten niemanden in Gefahr bringen, wirklich nicht«, stammelte der Junge.

»Wie auch immer. Die Presse hatte ihre Schlagzeilen und ihr euren Spaß. Und die Bevölkerung habt ihr nicht nur in Angst und Schrecken versetzt, sondern auch in Gefahr gebracht. Mit Tollwut ist nicht zu spaßen!« Als Nächstes legte Kommissar Peters ihm Handschellen an und teilte ihm seine Rechte mit. Polizeimeister Conrad führte die beiden anderen Jungen aus dem Stollen. Sie sahen ziemlich verdutzt und kleinlaut aus. Allerdings nicht halb so bleich wie Kim und Marie, die neben ihnen gingen. Franzi stürmte auf ihre beiden Freundinnen zu und umarmte sie erleichtert.

Während sie alle auf eine zweites Einsatzfahrzeug warteten, das Kim, Franzi und Marie samt der beiden Fahrräder zurück in die Stadt bringen sollte, kam langsam Farbe zurück in die Gesichter der beiden Mädchen.

»Wir sind echt clever, was? Ohne den Erkennungssatz wären wir wahrscheinlich auf ewig in der Gewalt dieser drei Idioten gewesen!«, lobte Kim nicht nur sich selbst. Stolz reckte sie das Kinn vor, obwohl Kommissar Peters ihr einen missmutigen Blick zuwarf.

»Wir reden später!«, sagte er streng und nahm weiter die Personalien der Jungen auf.

»Wer von denen ist Hannes?«, fragte Franzi.

Noch ehe Kim oder Marie antworten konnten, nuschelte einer der Typen: »Hannes? Nie gehört.«

»Wer soll das sein?«, fragte einer der anderen.

»Ihr zieht hier doch nur 'ne Show ab. Ihr steckt alle unter einer Decke«, war sich Kim sicher. »Wir wissen, wo Hannes wohnt! Den kriegen wir auch noch dran.«

»Für euch hat sich das Detektivspielen vorerst

erledigt! Und das meine ich ernst. Ich verbiete euch, in den Fall *Vampirfledermausjagd* weiter eure Nasen reinzustecken. Das ist Sache der Polizei«, sagte Kommissar Peters streng. »Oder wollt ihr in noch größere Schwierigkeiten kommen?«

»Nö«, sagte Kim.

Marie stöhnte auf: »Nein, natürlich nicht!«

Franzi stupste Kim an. Das große Fragezeichen auf ihrer Stirn war nicht zu übersehen.

»Pscht, später«, flüsterte Kim und grinste Franzi und Marie vielsagend an. Aber Kommissar Peters war nicht blind. Ihm war Kims aufmüpfiger Gesichtsausdruck nicht entgangen.

»Das habe ich gesehen!«, sagte er und verbot den Mädchen, alleine zu Hannes zu fahren. »Mittlerweile weiß ich doch, wie eure Gehirne funktionieren. Und da ihr eh keine Ruhe geben werdet, bis ich mit euch zu diesem Hannes fahre, beende ich euer Betteln besser gleich. Ja, wir fahren zu ihm und sehen nach, was in dem Käfig ist. Franzi hat mir davon ja schon auf der Fahrt hierher berichtet. Aber erst übergebe ich diese drei Kidnapper den Kollegen auf dem Revier.«

Tollwutgefahr!

»Ihr schon wieder«, sagte Frau Kummer pampig, als sie Kim und Marie die Tür öffnete. »Und was will euer Vater hier? Hannes hat euch doch gar nichts getan.« Erst als Kommissar Peters seine Dienstmarke zückte, wurde sie freundlicher. »Glauben Sie mir, mein Junge ist ein guter Junge.«

»Ja, das glaube ich Ihnen. Aber ich würde mich gerne selbst davon überzeugen. Ist er da?«

Hannes war da. Und auch der Käfig stand noch in seinem Zimmer. Allerdings kamen unter den verdutzten Blicken von Kim, Franzi und Marie keine Vampirfledermäuse zum Vorschein, nachdem Hannes widerwillig die Decke gelüftet hatte.

»Wüstenspringmäuse?«, fragte Kim erstaunt.

»Ja, was habt ihr denn gedacht? Drachen?«

»Junger Mann, Ihr Tonfall gefällt mir nicht!«, mahnte Kommissar Peters.

»Muss er ja auch nicht. Ich habe nichts zu verbergen. Die Kleinen bekommen jeden Tag ihr Futter. Ihnen geht es gut bei mir.«

»Die Streu könnte mal wieder gewechselt werden, es riecht hier schon ziemlich streng. Schönen Tag noch und entschuldigen Sie die Störung«, brummte Kommissar Peters und verließ das Zimmer. Marie, Kim und Franzi hielten sich demonstrativ die Nasen zu, als sie Kommissar Peters hinausfolgten.

»Und wo sind die Vampirfledermäuse?«, fragte Kim, als sie alle vier wieder im Wagen saßen. »Ich hätte schwören können, dass Hannes sie hat. Und dass er mit den drei Jungs vom Stollen unter einer Decke steckt.«

»Das, Kim, werde ich euch sagen, wenn wir sie gefunden haben. Ihr habt Ermittlungsverbot! Schon vergessen?«

Kommissar Peters setzte die drei !!! vor dem *Café Lomo* ab. Eine Stärkung hatten sie sich mehr als verdient, auch wenn der Fall längst nicht abgeschlossen war.

»Ermittlungsverbot«, stöhnte Kim auf und ließ sich auf ihr Lieblingssofa im *Lomo* plumpsen. »Pah, da hätte er uns auch gleich Berufsverbot geben können!«

»Ähm, Kim, ich möchte ja nicht päpstlicher als der Papst sein, aber wir haben keinen Beruf«, erinnerte Marie. »Wir sind Schülerinnen, die sich mal wieder viel zu weit aus dem Fenster gelehnt haben. Ich war so froh, als Polizeimeister Conrad mir endlich die Hände befreit hatte und ich diesen widerlichen Knebel aus dem Mund ziehen konnte. Mir wird jetzt noch weich in den Knien, wenn ich nur an den Stollen denke.«

»Na, dann her mit den Drinks! Auf Knie, härter als Stahl!« Kim musste lachen.

»Besser nicht, dann kann Franzi ja nicht mehr mit Skates durch die Gegend düsen und Verbrecher jagen. Stahlknie dürften ziemlich unbeweglich sein«, sagte Marie trocken.

»Schlimmer noch: Ich könnte keine Schlittschuh mehr laufen – vor allem nicht mit Robin. Der Ärmste, hoffentlich steht der nicht noch immer mitten auf der Eisbahn. Ich habe ihn vorhin einfach stehen lassen, als ich Maries Notruf kapiert hatte. Und das an seinem einzigen freien Tag in dieser Woche. Mist! Zum Glück habe ich mir noch vor der Kasse seine Handynummer geben lassen. Wozu Warteschlangen doch manchmal gut sind!« Franzi schrieb ihm schnell eine SMS.

Hi Robin,
Entschuldigung wegen vorhin. Ich hatte Gründe – wichtige Gründe! Erzähle dir morgen, was passiert ist, wenn du mir noch eine Chance auf ne Schlitterpartie übers Eis gibst! Melde dich! Bitte!!!
Gruß, Franzi

»Und senden«, nuschelte sie. »Ich hoffe, er kann mir meinen fluchtartigen Abgang vorhin verzeihen.«

»Bestimmt!«, meinte Marie.

»Ganz sicher! Erkläre ihm alles. Er hat sicher Verständnis«, machte auch Kim ihr Mut, obwohl sie zurzeit die Letzte war, die bei Jungs noch auf irgendetwas setzte. Weder auf Verständnis noch auf Fairness. Im Moment waren Jungs in Kims Augen einfach zu verdreht, als dass sie mit Logik und Verstand zu begreifen waren. »Ich nehme mal an, dass du ihn noch nicht ausgequetscht hast, oder?«, kam Kim wieder auf den Fall zu sprechen. »Robin ist nach wie vor verdächtig, mit den drei Jungs und dem Verschwinden der Vampirfledermäuse etwas zu tun zu haben.«

Franzi stöhnte auf. »Ja, ich weiß. Ich habe das nicht vergessen. Er meldet sich bestimmt bald und dann unterziehe ich ihn einem gewieften Verhör. Versprochen!«

»Wir haben Ermittlungsverbot«, sagte Marie gereizt. »Erinnert ihr euch?«

»Haben wir, ja, aber nur im Fall *Vampirfledermausjagd* – von dem Fall *Vampirfledermausdiebstahl* war nicht die Rede.« Kim strahlte triumphierend.

»Wo ist denn da der Unterschied?«, fragte Marie und seufzte. »In einem Wort. Jagd und Diebstahl ist nicht dasselbe! Wir dürfen nicht ermitteln, wo die Vampirfledermäuse jetzt sein könnten. Aber davon, wer die Vampirfledermäuse aus dem Jugendzentrum geklaut hat, war nicht mehr die Rede. Wir bleiben also dran. Besser gesagt: Franzi bleibt dran. Das ist jetzt ihr Part. Wir begleiten sie nur zum Schlittschuhlaufen.«

»Du willst Schlittschuh laufen? Ich dachte nicht, dass du vor dem nächsten Sommer noch mal Interesse an sportlichen Betätigungen hast«, witzelte Marie und stupste Kim verschmitzt auf die Nasenspitze.

»Sehr witzig.« Kim tat so, als wolle sie Marie in den Finger beißen.

»Hilfe, neben mir sitzt ein blutrünstiger Vampir!«, kreischte Marie lachend.

Franzi stand am nächsten Nachmittag gemeinsam mit Kim und Marie vor der Schlittschuhbahn und sah alle zwei Minuten auf ihre Armbanduhr. »Schon zehn nach vier! Hoffentlich versetzt Robin mich nicht!«

»Warum sollte er?«, fragte Marie.

»Weil er mir eins auswischen will, vielleicht? Grund genug hätte er ja. Ich habe ihn ohne Erklärung einfach stehen lassen.«

»Quatsch. Wenn er beleidigt gewesen wäre, hätte er gar nicht erst auf deine SMS geantwortet.« Marie zog ihren Schal stramm und sah sich um.

Franzi trippelte nervös mit den Füßen. »Vielleicht spielt er nur Katz und Maus mit mir. Wie du mir, so ich dir, oder so ähnlich.«

»Glaub ich nicht. Dann wäre er jetzt nicht hier«, sagte Marie und lächelte Franzi aufmunternd an.

»Ist er? Oje. Ich bin so nervös. Ich glaub, ich bin ein bisschen in ihn verknallt«, hauchte Franzi.

»Ein bisschen?«, spottete Marie und grinste breit.

Mit Schmetterlingen im Bauch ein Verhör anzufangen war gar nicht so leicht. Die erste Runde auf der Eisbahn drehte Franzi schweigend neben Robin. In der zweiten Runde traute sie sich schon ein klein wenig mehr. »Wie lange warst du eigentlich damals auf der Party?«, fragte sie ihn, denn sie spürte die drängelnden Blicke von Kim und Marie im Nacken, die hinter ihnen fuhren.

Nach der dritten und vierten Runde war sie nicht viel weitergekommen. Zum Glück ging Robin bald die Puste aus. Er bat nach der fünften Runde um eine Verschnaufpause. Franzi fuhr mit ihm an die Bande zum Maronenstand und kaufte eine Tüte der gerösteten Kastanien.

»Magst du auch eine?«, fragte sie Robin und hielt ihm die Tüte hin.

Sie überlegte fieberhaft, wie sie ihm am geschicktesten all die Fragen stellen sollte, die Kim ihr aufgetragen hatte. Sie wollte ihn ja nicht verschrecken, sondern nur ganz nebenbei die Wahrheit herausfinden. Robin kam Franzi mit einer Frage zuvor, die sie nur zu gern beantwortete. »Nett war das gestern nicht«, sagte er und schob sich eine dampfende Marone in den Mund. »Was war denn los?«

Gute Frage, dachte Franzi erleichtert. Zur Party kann ich ihn immer noch in die Mangel nehmen. Dann sprudelte aus Franzi alles heraus, was am Tag zuvor passiert war. Nebenbei pulte sie verlegen eine Marone aus der Schale und erklärte, beschrieb und schilderte ausführlich, wie Marie und Kim am Ende gerettet wurden. »Wenn wir nur wüssten, wo die Vampirfledermäuse jetzt sind. Sie müssen dringend eingefangen werden, denn sie können Tollwut verbreiten. Aber wo sollen wir nur suchen?«, seufzte sie schließlich und war sich in diesem Moment nicht bewusst, dass sie genau den Richtigen gefragt hatte.

»Die sind bei mir«, gestand Robin kleinlaut.

»Bitte?« Franzi war völlig baff. »*Du* hast sie aus dem Jugendzentrum geklaut?« Von einer Sekunde zur nächsten gefror ihr Herz. Also doch!, dachte sie enttäuscht.

»Na ja, nicht geklaut … ähm … also … eher gerettet. Das war so kalt da unten, und so dunkel. Die haben sich bestimmt nicht wohlgefühlt. Und da dachte ich, dass sie es bei mir besser haben würden.«

Robin redete sich um Kopf und Kragen. Franzi glaubte ihm nicht, dass er nur edle Absichten hatte. Auch wenn sein Name Robin war, wie Robin Hood, der Kämpfer für Gerechtigkeit, spürte sie, dass er flunkerte. Sie hatte zwar nicht Kims verlässliches Bauchgefühl, wenn es um Verbrecher ging, aber Robins Geschichte klang nun wirklich zu sehr an den Haaren herbeigezogen. Franzis Herz sagte ihr hingegen, dass Robin nicht bösartig war. Er flunkerte zwar, aber war das so schlimm? Franzi war hin- und hergerissen. Wichtig war doch nur, dass sie jetzt wusste, wo die Fledermäuse waren. Also beschloss sie zu glauben, dass er die kleinen Tierchen wirklich nur aus der Kälte retten wollte. Dass sie sich in diesem Moment selbst belog, war ihr durchaus bewusst. Egal. Wer Schmetterlinge im Bauch hat, darf auch schon mal großzügig im Verzeihen sein, rechtfertigte sie sich vor sich selbst. Außerdem wollte sie ihn jetzt nicht als Lügner dastehen lassen. Vielleicht rückt er ja irgendwann mit der ganzen Wahrheit heraus, wenn wir uns erst besser kennen, hoffte sie im Stillen. Also sagte sie: »Klar hast du sie gerettet. Du bist doch Robin – Robin Hood! Der kämpfte auch für die Armen und Vernachlässigten!« Die Übertreibung »Ich bin stolz auf dich« rutschte ihr zum Glück nicht auch noch heraus. Aber sie lag schon wohlgeformt auf ihren Lippen, als Robin ihr ins Wort fiel.

»Ich wusste ja nicht, dass die Vampirfledermäuse jemandem gehören. Ich wollte sie vor dem Verhungern retten. Deshalb habe ich ja auch die Blutproben aus dem Krankenhaus mitgenommen. Na ja, du hattest mich ja eh dabei ertappt. Danke, dass du mich nicht bei der Klinikleitung verpetzt hast. Hast du doch nicht, oder?«, fragte Robin unsicher nach.

Franzi schüttelte den Kopf. »Was hattest du überhaupt im Keller zu suchen? Die Party war doch oben.«

Robin wurde rot. Wieder kam er ins Stottern. »Ähm, also ... ich bin dir gefolgt, nachdem ich dich erkannt hatte. Und als ich sah, dass du in Richtung Keller gegangen warst, hab ich schnell zwei Cocktails geholt und wollte dir einen in die Hand drücken. Aber als ich in den Keller kam, warst du nicht mehr da«, erklärte Robin. »Ich wollte eigentlich mit dir gemeinsam die Preisverleihung ansehen. Dein Kostüm war so fantasievoll, ich war sicher, du würdest den ersten Preis gewinnen! Und ich wollte als Erster mit dir anstoßen.« Verlegen lächelte Robin Franzi an.

»Soso, du fandest mein Silberalbkostüm also fantasievoll. Was denn genau? Die schwarzen

Strümpfe aus dem Kaufhaus oder die Spock-Ohren, die es in jedem Faschingsladen zu kaufen gibt?« Franzi wusste genau, dass es weitaus fantasievollere Kostüme auf der Party gegeben hatte. Verlegen schaute sie zu Boden. »Ob ich dich mit dieser Lüge davonkommen lasse, weiß ich noch nicht.« Geschmeichelt fühlte sich Franzi trotzdem. Und irgendwie fand sie, dass man Lügen auch mal überhören konnte. Zumindest dann, wenn sie einem nicht in böser Absicht aufgetischt wurden. Ich werde noch Weltmeisterin im Verzeihen, dachte sie und schmunzelte.

In Robin schien tatsächlich ein ehrlicher Kerl zu schlummern, denn er war es, der vorschlug, sofort zum Polizeipräsidium zu fahren und zu gestehen, dass er die Fledermäuse bei sich zu Hause hatte.

Kim und Marie waren mehr als erstaunt, als Franzi ihnen in Stichworten berichtete, wie der Stand der Dinge war.

»Also doch Robin«, sagte Kim. Auch sie glaubte nicht wirklich an die Variante mit der Rettung aus der Kälte, fragte aber nicht weiter nach. Nur Marie zog fragend die Augenbrauen hoch, als Franzi glaubte, alles Wichtige erzählt zu haben.

»Ach so, jaja, der böse, böse kalte Keller. Na dann … Franzi, pass auf dein Herz auf. Jungs sind Monster.«

»Nicht alle!«, sagte Franzi und drehte sich

wieder zu Robin um, der wie ein begossener Pudel danebenstand, als Franzi ihren Freundinnen das Ende der Ermittlungen verkündete. »Kopf hoch, Kommissar Peters wird ihn dir schon nicht abreißen«, endete sie lachend.

Den Kopf riss Kommissar Peters Robin natürlich nicht ab, als er den Käfig mit den Vampirfledermäusen auf den Schreibtisch des Kommissars stellte. Aber eine Standpauke musste er dennoch über sich ergehen lassen. Auch wenn Robin es scheinbar gut gemeint hatte, als er die Fledermäuse mit zu sich nach Hause genommen hatte, waren sie dennoch nicht sein Eigentum. Und weil der Kommissar gerade dabei war, hielt er auch den drei Detektivinnen einen Vortrag. Es folgte ein langer Monolog über die stets verschlossenen Ohren der drei Mädchen, wenn er ihnen Ermittlungsverbot erteilte, und über die Gefahren, in die sie ihre Neugier immer wieder brachte.

Als Kim der Meinung war, dass er ihnen jetzt genug ins Gewissen geredet hatte, fragte sie: »Und was passiert jetzt eigentlich mit den Fledermäusen?«

»Die bringe ich in den Zoo. Dort wird man sich um sie kümmern. Dank der Heizmatte, die Robin schlauerweise gekauft hat, sind sie sicherlich nicht unterkühlt. Aber hungrig werden sie sein.« Kommissar Peters schob seinen kleinen Finger zwischen den Gitterstäben des Käfigs hindurch. »Na, ihr Blutsauger, kleine Zwischenmahlzeit gefällig?«, fragte er lachend und zog den Finger schnell wieder zurück, als eine der Vampirfledermäuse neugierig den Kopf hob.

»Hast du sie nicht mit dem Blut aus dem Krankenhaus gefüttert?«, flüsterte Franzi Robin ins Ohr und kam ihm dabei so nah, dass ihr Herz zu rasen begann.

»Sie trinken wohl kein kaltes Blut. Hätte ich wissen müssen«, wisperte er zurück.

»So, und jetzt alle raus aus meinem Büro, ich habe noch zu tun!«, sagte Kommissar Peters und öffnete demonstrativ seine Bürotür. »Die drei Jungs, denen wir die ganze Aufregung zu verdanken haben, wurden gestern bereits verhört, aber der Papierkram muss ja auch noch erledigt werden.«

»Eine Frage noch«, sagte Kim und ignorierte den abgespannten Gesichtsausdruck von Kommissar Peters. »Woher hatten die drei überhaupt die Vampirfledermäuse? Und was wollten sie mit ihnen? Echte Tierliebhaber scheinen das nicht gewesen zu sein.«

»Jugendlicher Leichtsinn, mehr steckte nicht dahinter. Neugier halt! Sollte dir doch bekannt vorkommen, Kim. Sie haben die Fledermäuse im Internet bestellt und wollten nur mal gucken, ob sie ihrem Namen gerecht werden und wirklich Menschen beißen. Pure Abenteuerlust dreier Dummköpfe. Als die Vampirfledermäuse ihnen entwischt sind und sich die Schlagzeilen häuften, wurde ihnen auch klar, dass sie nicht gerade schlau gehandelt hatten. Um die kümmert sich jetzt die Staatsanwaltschaft. Aber erst, wenn ich diese Formulare hier ausgefüllt habe«, sagte Kommissar Peters und deutete erneut auf den Papierstapel auf seinem Schreibtisch. »Darf ich euch jetzt also höflichst bitten zu gehen?«

»Aber natürlich«, sagte Marie und warf ihr langes Haar über die Schultern. »Auf Wiedersehen! Bis zum nächsten Fall!«, flötete sie keck.

»Ich warne euch! Abmarsch jetzt! Und in Zukunft keine Dummheiten mehr – das gilt für euch alle vier!«

Heiß-kalt erwischt

Detektivtagebuch von Kim Jülich
Samstag, 15:21 Uhr

Ich komme erst jetzt dazu, den wichtigsten Satz in unserem Vampirfledermausfall hier für die Ewigkeit festzuhalten. Ich war einfach zu erschöpft die letzten drei Tage. Nach der Schule bin ich immer nur noch müde ins Bett gefallen (nach dem Genuss eines herrlich süßen Schokoriegels, versteht sich!). Ans Tagebuchschreiben habe ich da keinen Gedanken mehr verschwendet. Ein neuer Fall ist soeben per SMS bei mir eingetroffen (dazu gleich mehr), der die nächsten Stunden die volle Aufmerksamkeit der drei Superdetektivinnen braucht. Aber erst die wichtigsten zwei Worte zum letzten Einsatz der drei !!!: Doppelfall gelöst!!!

Auf zum nächsten Fall! Welcher Fall? Das Rätsel um die verschwundenen Overknee-Strümpfe muss gelöst werden.
Auftraggeber: Marie Grevenbroich.
Erste Ermittlungen: In Kürze.
Ort: Penthouse.

Jetzt weiß ich nämlich auch, warum Marie immer alles unter einen Hut bekommt und niemals so richtig unter Zeitnot leidet. Sie schiebt alles Unwichtige (wie Aufräumen usw.) einfach beiseite. Und so wie ihre SMS klang, vermute ich mal, dass sie mittlerweile einen Tunnel durch den Kleiderberg graben muss, um vom Bett an den Kleiderschrank zu kommen. Franzi und ich sind herzlich eingeladen, ihr beim Tunnelbau zu helfen. Nett, oder? ;-) Wir helfen ihr gerne, dazu sind Freundinnen doch da. Und so ganz unschuldig an dem Chaos sind wir ja auch nicht. Ich sage nur: Motto-Party! Los geht's!

Geheimes Tagebuch von Kim Jülich
Samstag, 15:29 Uhr

Finger weg von meinem Tagebuch! Lesen für Unbefugte verboten. Und damit ist wirklich jeder gemeint, der NICHT Kim Jülich heißt! Egal wie harmlos diese Einträge auch erscheinen mögen, ein Vampirbiss ist nicht harmlos! Und ich hetze sämtliche Fledermäuse Südamerikas auf jeden, der es wagt, diese Datei auch nur zu öffnen!!!

Michi spielt immer noch die beleidigte Leberwurst und hat auf meine vielen Anrufe nicht reagiert. Er ignoriert mich einfach. Mein heutiger Kommentar zu seinem Verhalten: O. W.

Und das heißt nicht Oh weh, *sondern:* Ohne Worte!

Die sind mir nämlich gerade mal ausgegangen. Vielleicht finde ich sie irgendwann mal wieder … wer weiß das schon!?!

Mit einladender Geste führte Marie Kim und Franzi zum Tatort und sagte: »Das muss alles irgendwie wieder in den Kleiderschrank.«

»Oje!«, stöhnte Kim auf, als sie das Zimmer in Augenschein nahm, das wirklich mit Klamotten übersät war.

Sekundenlang starrte Franzi auf die zig Schuhe, unzähligen Shirts und Röcke und die überall verstreuten Strümpfe.

»Ähm, hat Jo sich eigentlich gemeldet?«, fragte sie, weil sie so gar keine Lust hatte, Kleiderstapel zu sortieren.

»Nö, der Schlumpf ruft mich nicht zurück. Verstehe ich nicht. Dabei dachte ich, unser gemeinsamer Sommer sei etwas Besonderes gewesen … auch für ihn.« Marie war die Enttäuschung ins Gesicht geschrieben. Kim glaubte für eine Sekunde Tränen in Maries Augen zu sehen. Wie tief die Enttäuschung über Jos Schweigen ging, verbarg Marie geschickt hinter einem Lächeln, als sie sagte: »Was soll's, hab mich wohl in ihm getäuscht.« Schwungvoll durchwühlte sie den Kleiderberg und warf Kim ein Top aus der vorvorvorletzten Saison zu. »Hey, sieh dir das mal an! Das ist doch total abgefahren!«

Sie klingt etwas zu fröhlich, bemerkte Kim und dachte, dass Jo ihr mit seinem Nicht-Anrufen noch das Herz brechen würde. Rücksichtsvoll bohrte sie nicht weiter, sondern ging auf Maries Ablenkungsmanöver ein. »Ja, wirklich schräg!«

Dass Jo noch längst nicht aus Maries Herzen verbannt war, war so gut wie sicher. Da kommt noch was, dachte Kim und nahm sich fest vor, sich wirklich bald um eine Familienpackung Taschentücher zu kümmern. Irgendwann wird Marie mir bestimmt ihr leidendes Herz ausschütten. Und ich kann ihr dann mit meinem Michi-Frust die Ohren vollquatschen. Auf einen tristen Winter!

»Was machst du denn für ein Gesicht?«, holte Franzi Kim völlig unvermittelt aus ihren Gedanken.

»Alles gut«, schwindelte Kim. »Mir kommen nur fast die Tränen, wenn ich *das* hier sehe!« Kim hielt ein wirklich seltsames Top hoch. Franzi untersuchte es mit spitzen Fingern genauer.

»XXL? Du hast ein Stricktop in XXL? Gestreift noch dazu? Ich fasse es nicht!«

»Ein klassischer Frustkauf eben, kann doch jedem mal passieren!«, verteidigte sich Marie.

»Du meinst wohl Fehlkauf!« Franzi schüttelte ungläubig den Kopf. »Dass dir so etwas auch passiert, hätte ich im Leben nicht gedacht.«

»Tja«, seufzte Marie, »ich greif eben auch mal daneben.«

Franzi stülpte sich amüsiert das Top über den Kopf und tänzelte trällernd durchs Zimmer.

»Deine Laune ist verdächtig! Verdächtig gut!«, sagte Kim.

»Ist sie das, du Superdetektivin?«, fragte Franzi augenzwinkernd. »Wen wundert's? Ich habe soeben den letzten Fall des Tages gelöst. Hier in diesem Stricktop stecken … tatarata: zwei laaaange Overknee-Strümpfe«, sagte sie breit grinsend, als sie sich das Top wieder vom Kopf gezogen hatte.

»Marie! Nicht so laut! Wir haben Besuch!«, hörten sie plötzlich Maries Vater rufen. »Immer noch!«

»Ist das jetzt ein Running Gag zwischen dir und deinem Vater?«, fragte Franzi erstaunt.

»Nee, das ist die eiskalte Wirklichkeit. Hat Kim es dir nicht erzählt? Tessa wohnt jetzt hier. Mit ihrer Tochter Lina.«

»Vorübergehend!«, ergänzte Kim. »Wasserrohrbruch oder so.«

»Das hat mir gerade noch gefehlt. Ich weiß zurzeit nicht, wo mir der Kopf steht, und mein Vater hat nichts Besseres zu tun, als mir tagtäglich seine blöde neue Flamme vorzuführen. Pah! Das muss ich mir nicht antun. Kommt, Mädels, wir verdrücken uns ins Eiscafé. Genießen wir zur

Feier der gelösten Fälle riesige Eisbecher! Auf Kosten meines Vaters! Der Klamottenberg kann in der Zwischenzeit ruhig noch weiter wachsen. Um den kümmere ich mich morgen.«

Doch ganz so schnell, wie Marie am liebsten das Penthouse verlassen hätte, ging es dann doch nicht. Ihr Vater stoppte die drei Mädchen im Flur.

»Haaaalt!«, sagte er. »So nicht, Prinzessin! Da unser Besuch noch ein paar Tage bleiben wird, wäre es schön, wenn du Tessa und Lina wenigstens ein bisschen das Gefühl geben könntest, dass sie hier willkommen sind.«

»Tue ich das nicht?«, fragte Marie gespielt erstaunt.

»Bisher hast du noch keinen Abend gemeinsam mit Tessa, Lina und mir verbracht.«

Marie schlüpfte in ihre Jacke. »Morgen, ja? Versprochen!«

»O.k., aber dann auch wirklich! Ab übermorgen werden die Abende für Tessa und mich wieder stressig. Wir haben zehn Tage Nachtdreh. Das schlaucht ganz schön.«

Marie sah ihren Vater erstaunt an.

»Keine Panik, Marie! Lina wird dann bei ihrem Vater wohnen, um die musst du dich nicht kümmern. Und in der übernächsten Woche ziehen Tessa und Lina auch wieder aus. Bis dahin sollte der Wasserrohrbruch wieder repariert sein«, fügte Herr Grevenbroich schnell hinzu. »Aber morgen zähle ich auf dich!«

»Kannst du auch. Ich nehme mir nichts vor. Ehrenwort!«

»Setz dir eine Mütze auf, es schneit wieder!«, sagte Herr Grevenbroich liebevoll und strich Marie über ihr Haar.

Die zarten Schneeflocken glitten sanft und gleichmäßig durch die kühle Luft. Im Schein der Straßenlaternen glitzerten sie wie kleine Diamanten. Verträumt sah Kim ihnen zu, wie sie sanft den Boden bedeckten.

»Ob es Eis mit Sternanis und Zimt gibt?«, fragte sie Marie und Franzi, als sie das Einkaufszentrum betraten, in dem das beste Eiscafé der Stadt lag.

»Ich hoffe nicht!«, antwortete Franzi lachend. »Du bist wohl schon in Weihnachtsstimmung, was?«

»Du nicht? Der Schnee, die vielen Kerzen hier, die frühe Dunkelheit … Das ist doch Weihnachtskuschelfeeling pur!«

»Wo wir grad bei Kuschelfeeling sind … Was macht Robin hier?« Marie stupste Franzi an.

»Tja, also, ich weiß auch nicht, wie der so schnell hergekommen ist. Meine SMS ist keine zwanzig Minuten her.«

»Soso … also kein Zufall!« Kim hakte sich bei

Franzi ein und lächelte zufrieden in sich hinein. Wenigstens eine von uns hat die Chance auf echtes Kuschelfeeling, dachte sie seufzend und setzte sich zu Robin an den Tisch. Sie schnappte sich die Eiskarte und musterte Robin von der Seite, bevor sie ihre Aufmerksamkeit den vielen Eissorten widmete. Nett aussehen tut er ja, aber was geht in ihm vor? Einfach so Blutproben zu klauen, tut man das?, überlegte sie.

»Ich bestelle mir einen riesigen Eisbrecher mit Macadamianüssen, Sahne und viel Schokoladensoße!«, verkündete Kim, um jetzt nicht wieder die Detektivin heraushängen zu lassen. Obwohl ihr zig Fragen an Robin unter den Nägeln brannten. Nachdem alle vier ihre Bestellung aufgegeben hatten, konnte Kim sich doch nicht länger zurückhalten. Sie drehte sich zu Robin und fragte ihn direkt: »Sag mal, wie bist du eigentlich an die Blutproben gekommen?«

»Kim!«, sagte Franzi drohend und tippte ihrer Freundin unter dem Tisch leicht gegen das Schienbein.

»Autsch.« Kim funkelte Franzi an.

»Ist schon gut«, sagte Robin. »Dank meiner bekannten Ungeschicklichkeit geriet wieder ein Tablett mit Blutproben ins Wanken. Und da ich natürlich noch nicht die Etiketten geklebt hatte, wusste mal wieder niemand, wem welche Probe zuzuordnen war. Statt die Röhrchen wie aufgetragen in den Sondermüll zu werfen, steckte ich sie ein. Mir taten nur die Patienten ein bisschen leid, denen meinetwegen noch mal Blut abgenommen werden musste. Aber lieber ein weiterer kleiner Stich in den Arm für sie als der Hungertod für die Vampirfledermäuse, dachte ich.«

»Sag ich ja, dein Name passt zu dir.« Franzi strahlte Robin an.

»Oh, vielleicht sollte er sich dann aber auch offiziell umtaufen lassen – von Robin Davids in Robin Hood«, sagte Kim und schnippte frech eine der Nüsse ihres Eisbechers in Richtung Robin. Der konterte mit einem Löffel voll Pflaumeneis, der mitten auf Kims Nase landete. »Danke, Pflaume gehört zwar nicht zu meinen Lieblingssorten, schmeckt aber trotzdem!« Grinsend schleckte Kim sich das Eis vom Finger.

»Sie weiß sogar auf Anhieb, welche Sorte das ist. Ich staune!«, stellte Robin fest.

»Sie ist halt eine Vollblutdetektivin! Erkennst du auch das?« Jetzt war es Marie, die einen Löffel voll Eis übermütig zu Kim schnippte. Zum Glück waren sie die einzigen Gäste im Eiscafé und die Kellnerin schien nichts gesehen zu haben.

»After Eight!«, rief Kim wie aus der Pistole geschossen. »Das war leicht.«

»Siehst du, Robin, so sind echte Detektivinnen. Mal völlig durchgeknallt und mal schneller verschwunden, als man gucken kann.« Möglichst unauffällig rückte Franzi ihren Stuhl näher an Robin heran.

Marie musste schmunzeln und konnte sich nicht verkneifen zu sagen: »Überleg dir gut, ob du dich wirklich mit einer Spioniernase einlassen willst. Da kommt so einiges an Überraschungen auf dich zu! Und damit meine ich nicht nur plötzliches Verschwinden von der Eisbahn.«

Robin erwiderte nichts, sondern betrachtete äußerst konzentriert sein Eis.

»Marie, du bist peinlich!«, zischte Franzi.

»Das Schlimmste, was dir passieren kann, ist, dass ich plötzlich aufspringe und verschwinde und mich erst Tage später entschuldige«, sagte Franzi, um Robin weitere Anspielungen zu ersparen. »Würdest du jetzt noch eine Entschuldigung für den Patzer auf der Eisbahn annehmen?« Ohne eine Antwort abzuwarten, drückte Franzi Robin einen zarten Kuss auf die Wange und hauchte: »Entschuldigung.«

Nicht nur Robin errötete. Auch Franzi bekam wieder einmal die verräterischen Flecken im Gesicht.

»Die zwei passen ja bestens zusammen«, stichelte Marie. Dafür fing sie sich von Franzi einen leichten Hieb in die Seite ein. Gefolgt von einer eisverschmierten Kirsche aus Franzis Schwarzwaldbecher, die mitten auf Maries Stirn landete.

»Bevor hier jetzt die Eisschlacht des Jahrtausends ausbricht und wir doch noch die Aufmerksamkeit der Kellnerin auf uns ziehen und für immer Lokalverbot bekommen, noch eine Frage, Robin«, unterbrach Kim die Blödeleien ihrer Freundinnen. »Was hattest du eigentlich mit den Fledermäusen vor?«

»Er hat sie retten wollen«, kam Franzi ihm zuvor.

»Und dann?«, bohrte Kim nach.

Robin schluckte. Er sah betreten zu Franzi und fasste sich dann doch ein Herz und rückte mit der ganzen Wahrheit heraus.

»Ich wollte sie verkaufen.« Robin holte tief Luft. »Normalerweise gebe ich Nachhilfeunterricht in Biologie.« Robin rutschte nervös auf dem Stuhl hin und her. »Aber durch das Schülerpraktikum fällt das jetzt aus. Ich schaffe das zeitlich nicht. Und ohne das Geld aus den Nachhilfestunden klafft ein riesiges Loch in meinem Budget. Ich spare schon ewig auf ein sündhaft teures Okular für mein Mikroskop. Ich will später nämlich Medizin studieren. Bazillen und Viren, das ist meine Welt! Am liebsten würde ich in die Forschung gehen und …«

»Die Fledermäuse wolltest du also einfach so verkaufen? An irgendwen, der viel Geld dafür zahlen würde? Und wenn derjenige sich nun gar nicht mir dieser besonderen Art ausgekannt hätte?«, unterbrach ihn Franzi und war empört.

»Wer viel Geld für Vampirfledermäuse ausgibt, behandelt sie sicherlich auch artgerecht«, verteidigte sich Robin. Das stimmte Franzi milder.

»So, und wo jetzt wirklich alles geklärt ist, können wir bitte schön endlich entspannen und unsere Eisbecher genießen?«, fragte Marie.

»Ja doch«, sagte Kim und sah in ihren leeren Becher. »Aber welchen Eisbecher?«

»Einen extragroßen Becher Pannacotta-Früchtezauber mit vier Löffeln bitte«, rief daraufhin Marie der Kellnerin zu und lehnte sich zufrieden in ihrem Stuhl zurück.

Die Kellnerin brachte den gewünschten Eisbecher und legte demonstrativ einen Wischlappen dazu. »Nur für den Fall, dass doch noch mal ganz aus Versehen eine Kirsche auf dem Tisch landet«, sagte sie augenzwinkernd.

»Den schaffen wir doch noch, oder?«, fragte Kim und wischte die Spuren der Eisschlacht vom Tisch. Auf einmal fühlte sie sich sehr einsam. Für eine Sekunde wünschte Kim, Michi wäre hier. Der *alte* Michi. Er hätte bestimmt viel Spaß an der kleinen Eisschlacht gehabt. Kim seufzte. Franzis euphorische Stimme lenkte sie aber sogleich wieder von ihren wehmütigen Gedanken ab.

»Klar, jetzt habe sogar ich richtig Hunger!«, rief Franzi und stürzte sich mit dem Löffel auf den Eisberg.